S. Pomej

Todespunkt

"Dunkel sind die Wege, die das Schicksal geht." Euripides

ACHTUNG Trigger-Warnung: Einige Romanfiguren äußern ihre politisch unkorrekte Meinung, welche nicht mit jener des Autors ident ist!

Prolog

Journalismus konnte eine harte Sache sein: man steckt seine Nase immer in fremde Angelegenheiten, was einem die Fremden manchmal sehr übelnehmen. Da war oft schnelle Denkweise und noch schnellere Flucht gefragt. Jonas Jericho hatte in dem Business schon zehn Jährchen auf dem Buckel, das erste davon als Polizeireporter. Zu einer Zeit, als die Mordrate noch niedrig und die Aufklärungsquote hoch war, da sich die meisten Taten im engsten Familien- und

1

Freundeskreis abspielten. Heute dagegen gab es mehr Mörder, die Wölfen gleich ihr Revier ausdehnten und weit über Landesgrenzen hinaus streunten, um ihren bösen Trieb auszuleben. Jonas hatte die blutige Sparte seines Metiers hinter sich gelassen und keine Ahnung, dass er bald wieder hineingezogen werden sollte....

Schock am frühen Morgen oder das Tierchen und der Tod

Der Tag begann schon ausgesprochen schlecht! Die Nachbarskinder hatten ein junges Eichhörnchen aus dem nahen Park erwischt und hielten es mit der klinischen Neugier und der Erbarmungslosigkeit eines aufstrebenden Wissenschaftlers fest. Es war das erste Mal, dass er so ein Tier vor Angst schrille Laute von sich geben hörte und in einem Anfall von Mitleid mischte er sich ein.

„Kinder, lasst doch das arme Eichhörnchen in Ruhe und geht spielen!", schlug er vor, worauf er nur verständnislose Blicke der fünf kleinen Racker im Alter zwischen zirka sechs bis zehn Jahren erntete.

„Wohin denn?", fragte der Junge, der das Eichhörnchen fest umklammert hielt, wobei er aufpasste, dass es ihn nicht beißen konnte. Aus seinem Mund entwich beim Sprechen durch die Kälte bedingt sichtbar sein Atemhauch, so als hätte er eben den Lungenzug einer Zigarette ausgehaucht.

„Na, in den Park, wo ihr offenbar gerade herkommt."

„Da haben uns so uralte Leute vertrieben, richtige Mumien!", berichtete ihm ein Mädchen mit vielen Sommersprossen im Gesicht. Ihr blauer Plüschmantel ließ sie so harmlos wie ein Stofftier wirken, doch ihren schmalen Lippen entkamen böse Worte: „Mein Papa sagt, die sollten lieber endlich die Himmelfahrt antreten, als sich noch lange von seinen Steuergeldern zu mästen."

Muss ja ein reizender Mensch sein, dachte er. „Dann geht eben auf der

andern Seite rein direkt zum Spielplatz!",
schlug er eine Alternative vor, ohne auf
die kritikwürdige Ansicht ihres Vaters
näher einzugehen.

„Da sitzt immer so eine blöde
Jugendbande!", erklärte der Kleinste von
ihnen.

„Ja, so urblöde Teenager, denen
fad ist und die nur Scheiße im Hirn
haben", fügte das sommersprossige
Mädchen altklug hinzu.

„Was? Davon weiß ich ja gar
nichts!"

„Dabei sind Sie doch Journalist,
hat mir meine Mama erzählt!", höhnte
ein etwas größerer Angehöriger der
Kinderschar, dessen schwarzen Schal
unzählige kleine weiße Totenköpfe
zierten. Scheinbar glaubte er, dass einer
mit so einem Beruf alles wissen musste.
"Aber diese ganzen Schreiberlinge
wollen mit Fake-News nur leere Seiten
vollkritzeln!"

Hm, dachte Jonas, der muss mal ein richtiger Milchvampir mit Wolfsaugen gewesen sein. Sicher hat seine Mutter heute noch ganz blutig gebissene Brustwarzen.

"Was ist los? Hat's Ihnen die Sprache verschlagen?", erkundigte sich der Totenkopf-Boy belustigt. "Oder sind Sie in Trauer, weil sie ganz schwarz angezogen sind?"

„Hört zu, wenn ihr das Tierchen loslasst, dann gehe ich mit euch dorthin und werde den Jungs mal ordentlich Bescheid stoßen!", versprach Jonas großmäulig, wobei er sich plakativ mit einer Faust in die offene Handfläche schlug, was - da er keine Handschuhe trug - ein klatschendes Geräusch verursachte. Zusätzlich streckte er noch seine Wirbelsäule durch, um seine Körpergröße von 1,78 Meter optisch etwas zu erhöhen.

Beeindruckt und ohne weitere Diskussion ließ der Junge das Eichhörnchen los, worauf es eiligst

Richtung Park galoppierte. Wie versprochen begleitete er die Kinder also schnellen Schrittes auf den Spielplatz, wobei er ein ungutes Gefühl bekam. Seine spontane Art hatte ihn schon oft in Verlegenheit gebracht und sich mit einer ganzen Bande anzulegen, schien ihm nun etwas vermessen. Doch er wollte vor den Kindern seiner Nachbarn keinesfalls als Feigling dastehen. Wenig später erreichte er mit seinen kleinen Begleitern, die sich ein großes Spektakel erhofften, den Park, dessen kahle Bäume sich mit Schnee verschönert zeigten. Ohne die künstlerisch anmutende Verzierung auf den Ästen lang zu bewundern, den Geruch von feuchtem Rindenmulch in der Nase, ging er weiter Richtung der Spielgeräte, wo er eine üble Überraschung erlebte. Denn unter einer der Schaukeln lag zwischen Scherben, Bierdosen und Biomüll ein Toter. Das erkannte er gleich an der verdrehten Art, wie der Mann mit offenen Augen vor ihm lag. Offensichtlich noch ziemlich jung, daher nahm er an, es wäre einer der Mitglieder aus der erwähnten Bande.

„Da seht ihr, Kinder!", sagte er gespielt cool. „Manche Probleme lösen sich ganz von selber!" Dann ging er in die Knie und besah sich den Toten näher. Eine offene braune Lederjacke mit Pelzkragen und ein weißes Hemd gewährten ihm Einblick auf die Todesart. Entweder war er erstochen worden, was eine kleine blutige Wunde am Brustkorb vermuten ließ, oder er war erfroren, was bei den tiefen Temperaturen in der Nacht kein Wunder gewesen wäre.

„Eben nicht!", mokierte sich eins der Kinder - ein blondes Mädchen, das ein grünes Barett trug. „Jetzt kommt gleich die Polizei und vertreibt uns wieder!"

„Mein Papa sagt, die blöden Bullen können nur in ihrer schönen Uniform spazieren gehen, sonst nix!", ärgerte sich die Sommersprossige und lief schreiend davon.

Die andern Kinder warteten noch kurz, che sie ihr nachranntcn und ihn mit dem Toten alleinließen. In einiger

Entfernung kreischte unheilvoll ein Rabe, als wolle er sich über die Störung der Totenruhe beschweren.

Da stand er nun unangenehm berührt und beschloss mit seinem Smartphone 133 zu rufen. Mit kurzer Erklärung seines makabren Fundes erwähnte er, dass es am besten wäre, wenn gleich mit der Funkstreife die Mordkommission an den Tatort käme. Dann knipste er mit dem Handy sicherheitshalber ein Porträtfoto von dem Toten und ein Ganzkörperfoto noch dazu. Auf dem Screen erschien ihm das Gesicht des Ermordeten noch grusliger als in der Realität, so, als würde sein Gerät die tiefsten, noch vorhandenen Gefühle des Toten während der Tat offenbaren. Die Augen starrten noch angsterfüllt ins Leere, die Leichenblässe schien auf das Erbleichen des Opfers vor dem Täter hinzuweisen und die verdrehten Glieder vermittelten den Eindruck, als wäre er noch auf dem Sprung zu einer erfolglosen Flucht gewesen.

Bulle und Berichterstatter im Dialog oder ein blutiges Business

Der Kommissar, der alsbald auftauchte, wirkte mit seiner eckigen Halbrandbrille wie ein Intellektueller und kannte ihn sogar: „Sie sind doch dieser Jonas Jericho, der Journalist, der über den Mordfall Breisach berichtet hat."

„Ja, genau! Sie erinnern sich daran, obwohl das doch schon ein paar Jahre her war?"

„Ich habe ein Gedächtnis wie ein Elefantenbulle!", verkündete er nicht ohne Stolz und betrachtete die Leiche, wobei er seinen Wintermantel aus der Vorjahrssaison beim Vorbeugen etwas raffen musste. „Das ist der Gangsterboss, der vorgestern erst wieder im Kurier stand."

„Hm, die vorgestrige Ausgabe konnte ich noch nicht lesen", gestand ihm Jonas, der Berichte von Konkurrenten natürlich verfolgte.

„Sollten Sie, denn der Artikel war gut recherchiert. Ihre Kollegin hat auch ein Foto von ihm geschossen, unter dem er laut ihren Angaben auch seinen vollen Namen sehen wollte, denn er wäre ja gar kein Verbrecher, Drogendealer, und so weiter, sondern höchstens Ex-User. Der hatte Sinn für Humor."

„Z", konnte es Jonas nicht fassen, „ein publicitygeiler Gangster. Allerdings bringt eine Recherche nicht immer die gewünschten Ergebnisse. Das weiß ich aus eigener Erfahrung."

„Tja, den heutigen Jugendlichen genügen die sozialen Netzwerke nicht mehr zur Selbstdarstellung, sie wollen täglich in der Zeitung ihre Visagen samt Namen sehen, um bei ihren Freunden und Feinden Eindruck damit schinden zu können."

"Scheint dem armen Kerl hier nicht gelungen zu sein", bemerkte Jonas, der sich fragte, welche Gedanken wohl durch das Gehirn des Sterbenden im

Augenblick seines Todes gehuscht sein mochten.

"Einmal gewinnt man, ein andres Mal verliert man", sagte der Kommissar gelassen.

"Nur, wenn man verliert, verliert man sein Leben!", erinnerte ihn Jonas.

"Diese jungen Burschen halten sich für unbesiegbar, in ihrem Wahn sogar unsterblich. Die nehmen auch alle gewisse Substanzen, die diesen Wahn noch unterstützen."

"Oder erst auslösen!", ergänzte Jonas. "Wie hieß der Junge?"

"Henry O'Mally!"

"Der Name klingt irisch."

"Mag sein, aber er war ein Schotte, hat mit seinen 23 Jahren schon ein erkleckliches Strafregister angesammelt. Von einfachen Delikten wie Taschendiebstahl, schweren wie Raub über Raufhandel bis zur versuchten, erfolglosen

Schutzgelderpressung. Vielseitig begabt, sozusagen."

"Hmm, scheint vom Pech verfolgt gewesen zu sein."

"Woher wollen Sie das wissen? Hat er es Ihnen im Rahmen einer Reportage verraten?"

"Aber nein, Kommissar - äh?"

"Huber! Einfacher Name, leicht zu merken oder auch leicht zu vergessen, wie Sie wollen", witzelte er verschmitzt lächelnd.

"Nein, Kommissar Huber, ich meinte, wenn er sich hat immer erwischen lassen und es auch mit den Erpressungen nicht geklappt hat..."

"Haben Sie eine Ahnung!", schüttelte Huber den Kopf, dem man den Ärger über diese Angelegenheit ansehen konnte. "Von den hunderten Malen, die sich diese Verbrecher bereichern, erwischen wir sie im besten Fall fünf- bis sechsmal und dann haut sie ein gefinkelter Anwalt wieder raus!"

"Diesmal hat ihn ein Gegner jedenfalls gründlich erwischt", erinnerte Jonas. "Oder auch ein Bandenmitglied, dass an seiner statt die Führung übernehmen wollte."

"Was hat SIE eigentlich hierhergeführt?", wollte Huber nun von ihm wissen, als er ihm über den Brillenrand einen prüfenden Blick zuwarf.

"Och, ein Eichhörnchen, will sagen einige Kinder, die sich alleine nicht zum Spielen her getraut hatten und auch gleich verschwunden sind, als sie erkannten, dass hier ein Mordschauplatz ist."

"Na, wenigstens hat man den Toten nicht bestohlen!", freute sich Huber, der sich mit Handschuhen daranmachte, die Jackentaschen des Toten zu durchsuchen. Außer einer Brieftasche, die einige Münzen beinhaltete, zog er noch ein Springmesser und ein Handy heraus, das allerdings abgeschaltet war.

"Wenn der Täter ihm sein Handy gelassen hat, kann es sein, dass der Mord auch eine Zufallstat, also Totschlag war, eventuell auch nur Notwehrüberschreitung", meinte Jonas.

"Darauf würde ich nicht wetten. In den 25 Dienstjahren, die ich schon hinter mir habe, kamen mir die unglaublichsten Fälle unter. Manche Täter fühlen sich so sicher, dass sie es gar nicht der Mühe wert finden, ihre Spuren zu verwischen, entweder, weil sie ein todsicheres, manchmal gekauftes Alibi vorweisen können, oder weil sie sich einfach nur maßlos überschätzen. Aber wir kriegen sie meist alle und manchmal sehr schnell!"

"Apropos überschätzen, da fällt mir ein, heute posten Kriminelle sogar ihre Taten auf Facebook", sagte Jonas und tippte sich mit dem Zeigefinger heftig gegen die Schläfe.

"Oh ja, manche entblöden sich nicht, uns die Arbeit leicht zu machen.

Wir sind selber auf Facebook, obwohl ich diesen Zuckerberg nicht ausstehen kann."

"So? Was haben Sie denn gegen den?", wollte er aus journalistischer Neugierde erfahren.

"In einer Doku über ihn kamen männliche Zwillinge zu Wort, denen er die Idee zu dem Netzwerk geklaut haben soll", drückte es der Kommissar diplomatisch aus. "Die wollten es zwar nur auf den Uni-Campus beschränken, aber er hat sie einfach mirnichtsdirnichts aus dem Business gedrängt."

"Tja, das Gründen eines erfolgreichen Unternehmens verlangt oft eine Mentalität wie ein Fleischerhund", wusste Jonas.

"Ach ja, es versteht sich wohl von selbst, dass Sie keine Details von dem, was Sie hier vorgefunden haben, in der Zeitung oder auf sozialen Medien veröffentlichen", stellte Huber klar.

"Aus ermittlungstechnischen Gründen!", setzte Jonas fort, atmete tief durch, denn er hätte den Aufhänger gut gebrauchen können. Heutzutage zählte nur einer in den News etwas, der mit Delinquenz auffallen konnte. Und er durfte nun faktisch nur einen Zweizeiler über seine letale Entdeckung schreiben.

"Schreiben Sie ausführlich über das Liebesleben der Promis, es soll Leute geben, die das brennend interessiert", scherzte der Kommissar, während er die Leute von der Spurensicherung zu sich winkte.

Missmutig verließ Jonas den Verbrechensschauplatz und trottete vorbei an schneebedeckten Bänken. Dabei dachte er noch, dass sich kein Schnee auf dem Opfer befunden hatte, doch das würde dem Huber sicher auch aufgefallen sein. Am Weg zum Ausgang traf er außer den Leuten von der Spurensicherung mit ihren Koffern niemanden. Auch nicht die alten Leute, die angeblich doch von den Kindern gesehen worden waren. Naja, dachte sich Jonas, entweder sie hatten so schwache Augen, den Ermordeten nicht zu sehen, oder sie wollten in nichts hineingezogen werden - puh, ich muss mich sputen, um in die Redaktion zu kommen, sonst bekomme ich wieder einen Anpfiff...

Recherchen auf beiden Seiten oder in Filmen klappt's besser

Der Himmel zeigte sich stark bewölkt, was eine allseits deprimierende Stimmung verbreitete, sobald der Regen einsetzte jedoch durch das Glitzern am Asphalt etwas gemildert wurde. Die Scheinwerfer der Autos in den Straßen spiegelten sich auf der wässrigen Oberfläche und aus einem geöffneten Autofenster tönte Jazzmusik, als Jonas nach seinem makabren Fund zu seiner Arbeitsstätte eilte. Er nahm den Weg vorbei am Stephansdom, nicht ohne seinen Blick zu dem Stein gewordenen Glaubenszeugen zu erheben. Keine Touristen drängten sich wie sonst auf dem Stephansplatz und er fühlte sich kurz so, als wäre er allein auf der bösen Welt. In der U-Bahn-Station spielte ein Gitarrist wie wild den Uralt-Hit 'Smoke on the water' und verwandelte kurz Jonas'

Leben in den spektakulären Film, den er so gern einmal erleben würde. Dennoch krallte er sich routiniert im Vorbeigehen eine Gratiszeitung und blätterte sie durch. Nichts Neues nur die üblichen Gewaltakte, sowohl politisch als auch privat. Diese primitiven Leute verstand er nicht, denn er sah sich als feinsinnigen Geistesmenschen. Ein innerer Drang ließ ihn immer wieder aus überholten Strukturen ausbrechen und neue Wege suchen. Als Journalist konnte er das besser als in einem anderen Beruf, fand er, und in neuen, ungewohnten Situationen fühlte er sich rasch zu Hause.

Nachdem er wieder an der Oberfläche war, hatte der Regen aufgehört und er vernahm den unerfüllbaren Wunsch eines Mannes, der mit seiner Begleiterin Arm im Arm spazierte: "Ach Gott, lass es doch Beaujolais regnen!"

Wie immer, wenn er in die Redaktion kam, warf ihm der Chefredakteur einen Blick zu, der ihm das Blut in den Adern gefrieren ließ. Herr

Riasek machte immer bei Jonas' Eintreffen ein Gesicht, als hätte er ihn beim Diebstahl, einem Ehebruch oder auch nur beim Zuspätkommen erwischt, was diesem ein flaues Gefühl vermittelte. Obwohl er sich nichts von alledem - außer vielleicht dem zu späten Erscheinen - zuschulden hat kommen lassen.

"Ah, Jericho", murmelte er. "Da schau her! Eine viertel Stunde nach Dienstbeginn schon - dem akademischen Viertel - doch noch hier aufgetaucht."

"Ich hab gestern noch eine halbe Stunde länger hier gesessen und schon vorgearbeitet", verteidigte er sich wacker und klopfte sich zur Bekräftigung noch auf seinen Brustkorb, was einen dumpfen Klang verursachte.

"Naja, es gibt wenig, dass sich nicht durchs Liegenlassen von selbst erledigt", scherzte Riasek und wandte sich ab. Auf seinem PC schaute er sich gerade die Homepage von 'The Walking Dead' an. Aber über andre herziehen, das beherrschte er perfekt. So wie auch das Antichambrieren, denn diese Fähigkeit hatte ihm schließlich die heiß begehrte Stelle des Chefredakteurs eingetragen, fiel Jonas bei der Gelegenheit wieder ein.

Doch er hatte Wichtigeres zu tun, als sich mit seinem Chef auf eine weitere Diskussion einzulassen. Kaum an seinem Schreibtisch angekommen, kramte er geschäftig in seinen Unterlagen, als da waren: ausgedruckte angefangene Artikel, Notizen, die er handschriftlich auf Merkzettel sowie Post-Its geworfen hatte, und einige Fotos aus alten Zeitungen. Als er sich das Foto von Henry O'Mally genauer ansah, bemerkte er, dass zwischen dessen Augen ein schwarzer Punkt prangte. Da er einen Blick für Fotos hatte - vor allem dafür, was ein gutes Foto ausmachte - war ihm schon einige Male aufgefallen, dass bei manchen Leuten immer ein Punkt ihr Porträt störte. Schnell griff er sich von dem kniehohen Stoß an alten Zeitungen neben seinem Schreibtisch die oberen Exemplare und blätterte zu den betreffenden Bildern. Und tatsächlich:

beim Bezirksrat Samuel Haditsch, der kürzlich mit seinem Auto verunglückte, fand er diesen obskuren Punkt, ebenso wie bei der Society-Lady Ricarda Rebus, die an einem Herzanfall verstorben war und auch beim Rennradfahrer Bernhard Kisch, welcher beim Doping übertrieb. Nachdenklich ließ er sich auf seinen abgewetzten Drehstuhl fallen und resümierte: alle Personen, die diesen schwarzen Punkt auf ihrem Gesicht trugen, waren nun mausetot. Konnte das nur ein Zufall sein? Oder war es so etwas wie ein Todesomen? Konnte er womöglich, wenn er das nächste Foto einer Person mit punktiertem Gesicht in der Zeitung sah, deren tödliches Schicksal verhindern???

Rasch richtete er sich auf, startete seinen PC und recherchierte: Bezirksrat Hadic gab dem Kurier ein Interview mit Foto, welches vier Tage vor dessen Tod erschien. Und die bekannte Society-Lady Frau Rebus, deren Foto anlässlich einer Wohltätigkeits-Gala erschien, starb ebenfalls vier Tage, nachdem es veröffentlicht wurde. Und der junge

Bandenboss starb heute, eventuell schon gestern, nachdem vorgestern der Artikel über ihn erschien... Das konnte kein Zufall sein! Entweder wurde die Zeit zwischen Punkt und Tod kürzer oder ... er überlegte, nahm dann sein Smartphone und suchte die Nummer der Kollegin von der großen Konkurrenzzeitung, die er sogleich anrief.

"Hallo, Frau Romschmitt, hier Jonas Jericho, darf ich Sie etwas fragen?"

"Ja, sicher, was gibt es, Kollege?" Ihre Stimme klang vergnügt, so als wäre sie gerade im Begriff, eine Exklusiv-Story über Brangelinas Neustart zu verfassen und sich das dafür zu erwartende Journalistenhonorar auf ihrem Konto vorzustellen.

"Es geht um den Bandenboss, der Ihnen gegenüber angab keiner zu sein, ein gewisser Henry O'Mally!"

"Oh ja, ich erinnere mich noch lebhaft an ihn, denn er war derart unglaubwürdig in seiner Behauptung, dass ich den Artikel eigentlich gar nicht veröffentlichen wollte. Doch es war vorgestern gerade nix Anderes los."

"Heißt das, dass er schon früher bei Ihnen vorgesprochen hat?"

"Ja, es war genau vor vier Tagen!", erinnerte sie sich. "Warum fragen Sie?"

Kurz überlegte Jonas, ob er ihr seine Vermutung offenbaren sollte, doch da sie ihn womöglich für verrückt gehalten hätte, gestand er schließlich nur: "Er wurde heute ermordet auf einem Spielplatz gefunden."

"Oh, vielen Dank, Kollege, endlich was los! Ich klemme mich sofort dahinter!"

"Armer Junge!"

"Junge? Der war alt genug, um in Columbine erschossen werden zu können."

"Ach?"

"Ja und er lebte vom Ausbeutererfolg seiner Ahnen, wie er so schön formulierte. Scheint also geerbt zu haben, was er allerdings nicht näher erklärte. Nur übliches Blabla! Also danke für den Tipp! Tschau!"

Was die Gute alles weiß, wunderte er sich und beschloss, sich von ihrem Infostand beim zuständigen Kommissar zu versichern, welcher nach einem kurzen Anruf bereit war, sich mit ihm in einem Lokal zu treffen, wo er gern seine Mittagspause verbrachte. Schnell verfasste Jericho noch die Kurzmeldung über den morbiden Fund am Spielplatz im Park, erledigte noch einige angefangene Artikel über Bezirksneuigkeiten und machte sich dann zum Treffpunkt auf. Die Zeit verflog im Nu...

Kaum saß er mit Huber im Wirtshaus 'zur flotten Lotte' zusammen, als ein älterer Herr auf diesen zukam und ihn fragte: "Entschuldigung, Herr Kickl?"

"Nein!", protestierte Huber etwas pikiert. "Könnten Sie mich - wenn schon

- dann mit jemand anderen, sympathischeren verwechseln?"

"Na, mit dem Brad Pitt geht das ja leider nicht! Der verkehrt hier sicher nicht und sieht viel besser aus", antwortete der Alte grantig und verzog sich enttäuscht wieder.

"Finden Sie eine Ähnlichkeit bei mir mit dem Kickl?", wollte Huber nun von Jericho wissen.

"Nein", schoss dieser schnell zurück, "höchstens die Frisur ein wenig und bei näherer Betrachtung noch die Brille." Es kostete ihn etwas an Überwindung zu verschweigen, Huber hätte wohl mit der um 20 Kilo schwereren und zehn Zentimeter größeren Ausgabe des Betreffenden leichte Ähnlichkeit.

"Sie haben es gut getroffen als Journalist, können Ihre Nase in Dinge stecken, die Sie nix angehen und heimsen noch fürstliche Entlohnung dafür ein."

"Ich mache den Job aus Idealismus und nicht wie Sie Ihren dem Ernährungstrieb folgend."

"Na, viel zu meiner Ernährung trägt mein Gehalt nicht bei. Meine kleine Wampe verdanke ich billigem Bier und den Kochkünsten meiner Frau. Aber jetzt ganz im Ernst, Sie haben es ja einfacher, da Sie ja nur nach Lebenden recherchieren, daher bekommen Sie wohl hauptsächlich positives Feedback. Ich muss es bei Toten tun und je mehr ich über diese herausfinde, umso kontroversieller wird das Gesamtbild. Ja, ich möchte meinen Job fast als einen Parcours der seelischen Schmerzen bezeichnen!"

"Oh ja, das kenne ich auch, denn je nachdem, wie der Befragte der Person gegenüberstand, so fallen dann die Aussagen aus. Also durchaus auch negativ, allerdings wollen die Befragten in meinen Artikeln dann nicht genannt werden. Da fällt mir ein, wir könnten doch im Doppelpack auftreten, so als good Cop und bad Cop!"

Huber schüttelte energisch den Kopf. "Das mache ich nicht einmal mit eigenen Kollegen, geschweige denn mit einem Journalisten. Nein, nein, sagen Sie mir einfach, warum Sie mich treffen wollten!"

"Kann es sein, dass dieser ermordete Schotte viel älter ist, als es in seinem Pass steht?"

"Kaum, der Pass war echt, außer... er hat schon mit falscher Identität darum angesucht, ich werde es überprüfen lassen."

"Prima, und haben Sie schon etwas durch Zeugen in Erfahrung gebracht?"

"Leider nichts Wichtiges. Einer Zeugin riet ich dazu, Politikerin zu werden, da sie so wortreich nichts gesagt hat... sonst..." Er schien zu überlegen, als ihn der Kellner mit der Bestellung ablenkte.

Überraschung am Nachmittag oder Musik aus den 90ern fetzt

Während Huber mit dem rasenden Reporter speiste und zwischendurch Anekdoten austauschte, fand im Haus Alserstraße 115, zweiter Stock, Tür 13 eine behördliche Türöffnung unter polizeilicher Aufsicht statt. Ein Schlosser, ein Herr in feinem Anzug und hellem Trenchcoat sowie ein Polizist in Uniform mit einer Miene, die zeigte, dass er sich nur äußerst ungern an dem Ort hier befand, standen vor der Tür, klopften zuerst an und als ihnen keiner öffnete, gab der Herr im Anzug dem Schlosser in seiner blauen Arbeitsmontur ein Zeichen, die Tür fachgerecht zu öffnen. Eine Sache weniger Minuten, die Durchsuchung hernach, die der Anzug-plus der Uniformträger durchführten, nahm auch nur relativ wenig Zeit in Anspruch. Der feine Herr trug eine volle Aktentasche bei sich, als er die Wohnung gemeinsam mit dem Polizisten verließ, und der Schlosser versperrte die Tür wieder. Neugierig guckende Hausbewohner, die zufällig beim Treppensteigen vorbeikamen, maßen dem Schauspiel kaum Bedeutung bei, ja sie fragten nicht einmal, was es damit auf sich hatte. Hier kümmerte sich jeder nur um seine eigenen Angelegenheiten.

"Wohin soll ich die Rechnung schicken?", rief der Schlosser den beiden Amtspersonen nach.

"Ans nächstbeste Polizeirevier", murmelte der feine Herr und eilte die Stufen runter, als sei die Steuerfahndung hinter ihm her, während der Uniformierte eher langsam hinterherschritt.

Im Wirtshaus 'zur flotten Lotte' hatte Jonas eben die Rechnung für sie beide beglichen, als Huber, der noch sein Schoko-Dessert fertiglöffelte, einen Anruf erhielt. Eher genervt holte er sein Handy aus der hinteren Hosentasche.

"WAS? ... Das ist ja ein Ding! Wie ist die Adresse?... Danke, ich fahre gleich hin!" Energisch stand er auf, wischte sich mit einer Serviette noch den Mund ab und eilte aus dem Lokal.

Jonas eilte hinterher, fragte gespannt: "Gibt es Neuigkeiten?"

"So kann man es nennen. Die Verbrecher werden immer dreister - ein Einbruch mit einem falschen Polizisten, und zwar ausgerechnet an der Adresse von unserem Mordopfer."

"Wow, darf ich Sie begleiten?"

"Steigen'S ein!", forderte ihn Huber auf, als er die Tür seines Dienstwagens, einem in die Jahre gekommen VW Passat, öffnete.

Das ließ sich Jonas nicht zweimal sagen, fühlte sich an seine aufregende Lehrzeit als Polizeireporter erinnert und Huber fühlte sich eventuell verpflichtet ihn mitzunehmen, weil Jonas ihn vorhin auf das köstliche Mittagmahl eingeladen hatte.

"Welche Schuhnummer haben Sie übrigens?", fragte Huber.

"43, warum?"

"Weil unser Mörder laut Spurensicherung die Nummer 45 gehabt haben muss. Die Wohnung des Opfers wurde sicher auf das hin durchsucht, was er bei ihm persönlich nicht gefunden hat."

"Und der Einbruch ereignete sich gerade eben?"

"So hab ich es verstanden, denn ein Schlosser kam auf das Polizeirevier im Heimatbezirk des Opfers, um die Rechnung für die Türöffnung gleich persönlich zu übergeben, anstatt per Post zu schicken."

"Unglaublich raffiniert", wunderte sich Jonas.

"Dem Schlosser war es auch komisch vorgekommen, dass der Beamte in Zivil die wieder versperrte Wohnungstür nicht mit einem polizeilichen Siegel versah."

"Einen Fehler macht fast jeder Verbrecher", freute sich Jonas. "Übrigens ist mir was eingefallen."

"Etwas zum Fall des toten Schotten?"

"Jawohl! Was, wenn er zwei Handys bei sich trug, der Mörder sich nur das schnappte, in welchem seine Nummer aufschien. Ich meine, SIE haben ja auch ein Diensttelefon."

"Kann sein!"

Aus der Wohnung von O'Mally, deren Tür Huber rasch mit einem Dietrich öffnete, während er sich penibel die Schuhe auf der Türmatte abputzte, strömte ihnen Zigarettengestank entgegen.

"Eine Freude für jeden militanten Nichtraucher!", motzte Huber, der sich praktische Handschuhe überstreifte.

"Ein ziemlich einfaches Schloss, das der Schotte da hatte", fiel Jonas auf. "Scheint keinen Einbruch befürchtet zu haben."

"Der verließ sich wohl auf das alte Sprichwort 'eine Krähe hackt der andern kein Auge aus'."

In der Zimmer-Küche-Kabinett-Altbauwohnung befanden sich Möbel, die entweder einst mit der Wohnung übernommen oder vom örtlichen Nachbarschaftshilfezentrum verschenkt wurden, verstreute schäbige Herrenkleidung und neben einer Stereoanlage etliche CDs aus den 90ern von Rammstein, KMFDM sowie Marilyn Manson.

"Seltsamer Geschmack", stellte Huber fest.

"Ja, die Musik stammt noch aus dem vorigen Jahrtausend."

"Ich meinte die Kleidung, Grunge-Stil soweit ich weiß, diese karierten Holzfällerhemden aus Flanell und zerschlissene Jeans, stonewashed nannte man das damals."

"Sie haben recht", lobte ihn Jericho. "Aber was können die Einbrecher hier zwischen Modesünden und Hardrock-CDs gesucht haben?"

"Den lang vergangenen Zeitgeist", witzelte Huber, schaltete den CD-Player ein, in dem eine Scheibe von KMFDM Laut gab.

"Ich denke mehr an Beweise, die unsren Mörder überführen, doch woraus könnten sie bestanden haben?"

In seinen Handschuhen wühlte sich Huber durch einen Wust an Papieren, welche neben einem offensichtlich mit Wasser beschädigten Computer herumlagen. "Das ist eine gute Frage, was denken Sie?"

"Schwer zu sagen...", überlegte Jonas, dem es schwerfiel, seine Hände bei sich zu behalten und er nahm sich vor, ebenfalls praktische Vinyl-Handschuhe zu kaufen. "Ich würde an deren Stelle den ganzen Computer zum Schreddern mitgenommen haben, oder zumindest einen externen Speicher."

"Da alles augenscheinlich noch vorhanden ist, tippe ich eher auf irgendwelche Schriftstücke, Fotos, usw...", meinte Huber, der einige herausgezogene Schubladen von unten betrachtete. "Da sehen sie noch

Klebespuren von einem Tixoband. Was immer hier pickte, haben diese Verbrecher mitgehen lassen. Unsre einzige Chance ist, dass sie etwas übersehen haben..."

"Wenn eine Tante von mir auf Urlaub fuhr, steckte sie ihre wertvollen Goldbroschen an die Vorhänge", erzählte ihm Jonas, der die ziemlich vergilbten Gardinen näher in Augenschein nahm, außer einigen Brandlöchern von Zigaretten jedoch nichts Auffälliges bemerkte.

"So wie Diamanten, die man am besten im Kronleuchter versteckt, was?" Mit Argusaugen sah sich Huber in dem Wohnzimmer der nur 50 m^2 großen Wohnung um. Es schien sich um eine typische Single-Bleibe zu handeln. Der CD-Player schaltete sich mit Ende der CD wieder aus und Ruhe trat ein.

"Genauso", murmelte Jonas und guckte sich ein scheinbar selbst gemaltes Gemälde des toten Wohnungsinhabers an, welches aus zwei ineinander verschlungenen Großbuchstaben bestand: ein rotes D und ein blaues K auf weißem Grund. "Der Ermordete scheint ein Künstler gewesen zu sein, der sich auf Initialen spezialisiert hat. Das Bild da mit Dora Konrad, oder was auch immer D und K bedeuten sollen, hat er wahrscheinlich selbst gemalt."

"Vielleicht nur so eine Spielerei oder auch die Anfangsbuchstaben seiner aktuellen Flamme", meinte Huber mit kurzem Seitenblick. "Scheint nicht wichtig gewesen zu sein, sonst würde es ja fehlen."

"Ach, im Tiefkühlfach des Eiskastens könnten sich noch Sparbücher befinden", meinte Jonas und lief schon voraus in die Küche.

Huber lief hinter ihm her, wohl aus Angst der neugierige Reporter könne etwas berühren, und öffnete den großen Kühlschrank amerikanischer Bauart. Darin fanden sich die üblichen Fast-Food-Gerichte, Bierdosen, Milch, Wurst und Butter. Im Tiefkühlfach nur

Gefrierprodukte, sonst nichts Verdächtiges. Auf dem Küchentisch standen ein Aschenbecher mit zahlreichen Kippen darin, eine halbvolle Kaffeetasse, und ein Teller mit einem halb aufgegessenen Toastbrot, welches mit Erdnussbutter bestrichen war. Das Erdnussbutterglas stand noch geöffnet daneben, das Streichmesser steckte darin.

"Vielleicht fanden sie Koks in der Zuckerdose", vermutete Jonas.

"Möglich, denn bei der Leiche haben wir kein Gramm Stoff gefunden." Mit Argusaugen kontrollierte Huber den Inhalt des Kühlschrankes.

"Naja, bei den Zinsen, die heutzutage die Banken zahlen, hat keiner mehr ein Sparbuch, das er im Eiskasten verstecken muss", stellte Jonas enttäuscht fest, nachdem Huber achselzuckend die Tür zugeschlagen hatte.

"Er scheint vom Frühstückstisch in den Park gerufen worden zu sein", vermutete Huber. "Das war praktisch seine Henkersmahlzeit. Dafür hätte ich mir ein dunkles Brot mit Nutella ausgesucht. Das passt übrigens zu Ihrer Theorie mit dem zweiten Handy, denn laut unserer Auswertung des gefundenen Telefons hatte er seit gestern keinen Anruf mehr bekommen. Hat es der Täter mitgenommen, dann suchte er hier wohl nach weiteren Hinweisen auf seine Person."

"Es könnte nur noch sein, dass unter dem Teppichboden etwas versteckt ist, denn den haben die Einbrecher offenbar nicht vom Boden gerissen."

"Tja, das heißt für mich, dass sie schnell fanden, was sie gesucht haben."

"Es könnte auch sein, dass er es in zweifacher Ausfertigung an zwei verschiedenen Orten verbarg", hoffte Jonas.

"Also ich hole jetzt die Spurensicherung, die werden wohl wissen, wie man eine Wohnung fachgerecht auf den Kopf stellt", kündigte Huber an.

"Übrigens, die Musik von Rammstein, Manson und KMFDM fetzt ganz schön", stellte Jonas fest. "Hin und wieder höre ich mir so alte Scheiben auch an, vor allem wenn ich traurig bin."

"Wenn ich traurig bin, dann weine ich meinen Kopfpolster nass", scherzte Huber und tippte auf sein Diensthandy ein. "Sie gehen jetzt besser."

"Wiedersehen, ich darf mich doch wieder melden?"

"Von mir aus..."

Erster Anruf bei der Angebeteten oder dunkler Kontaktpunkt

Am Rückweg von der Durchsuchung kam Jonas Jericho an einem Fotogeschäft vorbei, in dessen Auslage ein 30x40cm-Foto von einer ihm wohlbekannten Schauspielerin hing, die ein makelloses Gesicht aufwies. Makellos bis auf - HUCH! Erschrocken erspähte Jonas einen Punkt auf der schönen Stirn von Claire Cassini, einer gebürtigen Italienerin, die gerade eine große Rolle am Burgtheater spielte. Das Antlitz erschien ihm so bezaubernd, dass es den Verdacht hervorrief, es könne nicht auf natürliche Weise entstanden sein. Vor allem die Nase schien von einem Beauty-Doc optimiert worden zu sein, doch ganz sicher war er sich auch wieder nicht. Doch der vermaledeite kleine schwarze Punkt zwischen den Augen der Schönheit - so unheilverkündend wie die Punkte auf den Porträtfotos der Toten - ließ seinen Puls schneller schlagen. Was wenn,... Noch vor der Antwort, ja sogar noch vor der Fertigstellung der Frage in seinem Gehirn fand er sich schon in dem Geschäft, um den erstaunten Fotografen nach dem Datum der Fotografie zu fragen.

"Das Foto ist von heute Morgen, denn Frau Cassini hat wenig Zeit und schob den Termin für ihre neuen Presse-Fotos schnell ein. Für einen hohen Preisnachlass hat sie mir gestattet, mit ihrem Foto in meiner Auslage zu werben. Warum fragen Sie mich das?"

"Sie werden es nicht glauben, aber es geht um Leben und Tod", gestand ihm Jonas und hetzte aus dem Geschäft hinaus, scrollte auf seinem Smartphone auf der Website von Herold-Telefonbuch zu ihrer Nummer und rief sie sofort an.

Als er ihre Stimme durch sein Smartphone klingen hörte, war es fast so, als würde sein Herz in ihrem Klang mitschwingen.

"Hallo, Frau Cassini, mein Name ist Jericho, Journalist, ich würde Sie gerne zwecks eines wichtigen Gesprächs persönlich treffen und zwar so schnell es geht." Die Worte kamen ihm rasch, fast hastig über die Lippen und er bemühte sich um eine deutliche Aussprache, nicht so wie bei Telefonaten mit Freunden, wo er die Hälfte der Wörter verschluckte.

"Wegen eines Interviews?", erkundigte sie sich.

"Nein, wegen einer Warnung, es ist nicht so einfach zu erklären, schon gar nicht am Telefon, ich möchte Ihnen auch etwas zeigen, dass meine schlimme Vermutung noch bestätigen kann."

"Das hört sich ja sehr spannend an, also gut, kommen Sie um 14 Uhr in meine Wohnung. Sie wissen ja wo ich wohne?"

"Wenn es die gleiche Adresse wie im Telefonbuch ist, ja."

"Ich erwarte Sie. Bis dann!" Ihre Stimme, die wohl schauspielerisch geschult sein musste, hörte sich so sanft an, dass alles gleich wie Lob und Ansporn klang. Ansporn, sie näher kennenlernen zu wollen...

Mit der U-Bahn fuhr er in die Redaktion und schnappte sich sein Beweismaterial, tat es in die Aktenmappe und eilte davon. Zum Glück war Riasek mit einem Volontär beschäftigt, wodurch er keine Zeit für Schelte an seinen Angestellten hatte. Puh, machte Jonas, blickte hastig auf die Uhr und schätzte, dass er mit einem Fußmarsch zu Frau Cassini genau die Zeit bis zum Treffpunkt ausfüllen konnte. Auf dem

Weg kam er an einem Herrenmodengeschäft vorbei und kaufte sich eine teure, taubenblaue elegante Krawatte für sein schwarzes Hemd, welches er üblicherweise immer ohne Kulturstrick oben offenließ. Die Verkäuferin versicherte ihm noch, dass er nun gleich viel besser aussah, ehe er mit doppeltem Windsorknoten ausgestattet ihr Etablissement verließ, um sich weiter auf den Weg zu seinem heimlichen Schwarm zu machen. Zusätzlich konnte er beim Dahinschlendern durch die Stadt noch einmal kontemplativ werden und sich seine Worte an die bezaubernde Claire genau überlegen...

Ihre Wohnung im letzten Stock eines Neubaus mit Dachterrasse war so exklusiv und elegant eingerichtet, wie er es sich vorgestellt hatte. Alles puristisch Weiß und Schwarz. Nur einzelne Accessoires bildeten kleine Farbtupfer, wie z.B. ein roter Zierpolster und ein blauer Teppich oder ein gelb-oranges abstraktes Bild an der Wand. Man konnte es hier leicht aushalten. Alles sehr geschmackvoll gestaltet und natürlich teuer. Kurzum man merkte, dass sie gut im Geschäft war und keinen Mangel leiden musste. Sie war jung und hatte einen Super-Körper, ihre Bewegungen waren so geschmeidig wie die einer Katze auf dem Sprung zur Vogeljagd. Im Moment trug sie ein hübsches dunkelgraues Seidenkleid und rote Pantoffel mit einem 10-cm-Bleistiftabsatz - sexy.

"Setzen Sie sich doch", bot sie ihm Platz auf ihrer weißen Ledercouch an.

"Danke", sagte er schnell, nahm Platz und wartete, bis sie sich ihm gegenüber auf einem weißen Fauteuil hingesetzt hatte.

"Von welcher Zeitung sind Sie?", erkundigte sie sich.

"Kleine Zeitung, ich komme gleich zur Sache, auch wenn Sie mich für verrückt halten werden."

"Aber nein, ich freue mich, wenn jemand geradeheraus sagt, was er auf dem Herzen hat. Sie wollten mich warnen, wovor?"

"Da muss ich etwas weiter ausholen. Es ist so, dass einige Personen, die in der Zeitung abgebildet waren, überraschend oder sogar gewaltsam starben. Und alle hatten auf dem letzten Zeitungsfoto einen schwarzen Punkt auf der Stirn." Geschäftig holte er aus seiner Aktenmappe die betreffenden Zeitungsartikel heraus und überreichte sie ihr. "Es fiel mir auf, dass alle, die solch einen Punkt auf der Stirn hatten, innerhalb von vier Tagen tot waren."

"Ach?", ließ sie Unglauben anklingen, als sie sich die Fotos ansah. "Sie haben recht, da ist auf allen Fotos ein Punkt. Einen Moment, bitte!" Schnell erhob sie sich anmutig und trippelte zu einem Zeitungsständer aus Metall, der sich wunderbar in das Interieur ihres Refugiums einfügte. Wenn sie ihre Wohnung selbst eingerichtet hatte, konnte sie auch als Innenarchitektin durchstarten.

"Sie suchen jetzt sicher eine Zeitung der gleichen Ausgabe, um zu überprüfen, ob ich den Punkt hingemalt habe, um mir auf originelle Weise Ihre Aufmerksamkeit zu erschleichen, stimmt's?", fragte er keck.

"Sie haben mich durchschaut", gab sie zu und blätterte in einer Zeitung nach dem Foto des zuletzt ermordeten jungen Mannes namens Henry und stutzte. "Auch er hat den Punkt auf der Stirn, allerdings steht hier nichts davon, dass er tot ist."

"Er starb auch erst heute Morgen. Doch ich habe mit der Journalistin gesprochen, die das Interview mit ihm geführt hat und sie bestätigte mir, dass das Foto bereits vier Tage alt ist und sie den Artikel erst später als geplant veröffentlicht hat."

Daraufhin ließ Claire Cassini die Zeitung sinken und sah ihn nun etwas verunsichert an.

"Verstehen Sie mich bitte nicht falsch, Frau Cassini, ich will Ihnen sicher keine Angst einflößen, doch ..."

"Oh, Angst ist ein Überlebensprinzip", erklärte sie ihm freundlich. "Wenn unsre Vorfahren in bestimmten Situationen nicht Angst gehabt hätten, dann würde es den Menschen evolutionsgeschichtlich gar nicht geben."

"Natürlich, nur will ich Sie nicht in diesen Zustand versetzen, doch bin ich mir sicher, dass mehr dahintersteckt als nur ein Zufall. Dazu ist das ganze Prozedere nämlich schon zu oft passiert. Ich dachte, wenn ich Sie rechtzeitig warne, kann ich Sie vielleicht vor einem ungnädigen Schicksal bewahren. Auch wenn es irre klingt...."

"Nein-nein, es klingt durchaus plausibel, wenn es sich nicht um einen verunglückten Pixel handelt oder einen Fehler in der Druckmaschine." Leicht nervös blätterte sie zu anderen Fotos, doch musste erkennen, dass ausschließlich auf den besagten Fotos der Punkt an der gleichen Stelle prangte. "Wie ein Kainsmal!"

"Ich wage gar nicht zu sagen, dass...", begann er nun den heiklen Teil seines Besuches einzuleiten und wusste nicht mehr weiter.

"Dass Sie auch auf einem Foto von mir den Punkt entdeckt haben?"

"Leider ja, und zwar in dem Fotogeschäft, wo Sie heute waren! Ich habe mir überlegt, wie ich Sie aus diesem Teufelskreis heraushalten kann - ich bin nämlich kein Determinist und denke wir haben Einfluss auf unser Schicksal - und da kam ich auf einen Ortswechsel. Können Sie für die nächste Zeit umziehen, vielleicht zu Ihrer Mutter?"

"Oh, meine Mutter...", seufzte sie, als würde sie von einer Krankheit reden, über die man noch nicht viel wusste. Vor allem eine Krankheit, gegen die es kein Heilmittel gab. "Es ist nämlich so....", brach sie ab, denn nun schien sie gegenüber einem Fremden Skrupel zu haben.

"Verstehe schon, Sie beide kommen nicht miteinander klar", sprach er das aus, was ihm ihr Gesichtsausdruck verriet.

"Ja!", stimmte sie zu und sah betreten zu Boden. "Wir sind wie Nitro & Glycerin - zusammen hochexplosiv! Ich habe sogar einmal so eine Familienaufstellung gemacht. Der Therapeut benutzte Kegel und meinte, ich solle den Kegel, der meine Mutter darstellt, im Raum platzieren, daher stellte ich sie ins letzte Eck, hätte sie jedoch lieber aus dem Fenster geworfen."

"Haha", lachte er. "Tut mir leid, ... Eine Versöhnung ob dieses sehr ungewöhnlichen Umstandes, der nun aufgetreten ist, kommt nicht infrage?"

"Eher würde ich unter einer Brücke nächtigen."

"Das brauchen Sie nicht, allerdings wäre ein Hotel nicht der richtige Ort für Sie...", überlegte er. "Haben Sie keinen besten Freund, zu dem sie gehen können?"

Nun musste sie grinsen: "Ich weiß nicht, wie ich jetzt darauf komme, aber als Teenie wurde ich von einem Schulfreund ins Kino eingeladen und war so unsicher, dass ich meine beste Freundin fragte: Bin ich hübsch? Die meinte, momentan wäre ich es. Also gingen wir ins Kino, fuhren dann im Mercedes seines Vaters auf einen Parkplatz, wo wir uns innig küssten. Er fragte ganz klassisch: Willst du mit mir gehen? Und ich antwortete: Sei mir nicht böse, aber bei meinem meckernden Muttertier fange ich mir nicht noch eine Liebestragödie an, sonst gibt's noch einen Amoklauf mit der Dienstpistole meines Stiefvaters..."

"Na sowas, dabei sind Sie so ein zartes Persönchen", wunderte er sich.

"Damals war ich ziemlich radikal."

Ihr iPhone spielte die Melodie von Halloween, Jonas ärgerte das. Gerade jetzt, wo er sie so weit hatte, sich ihm gegenüber zu öffnen, doch sie ignorierte den Anruf ohnedies, weil der Klingelton auch sehr leise eingestellt war.

"Na, das hat er auch verstanden und wir verblieben in stillschweigendem Einvernehmen, wobei ich hoffte, dass wir uns später, wenn wir beide reif sind, wiedertreffen und wiederfinden, doch ein andrer Schulkollege erzählte mir dann von seinem Unfalltod im Mercedes seines Vaters... Ich hatte nie eine Bestätigung dafür erhalten, ... was wäre, wenn er doch noch lebt und wir träfen uns... " Melancholisch verlor sich ihr Blick aus dem Fenster.

"Geben Sie mir seinen Namen und ich recherchiere das für Sie!", bot Jonas bereitwillig an.

"Lieber nicht, ich will keine Bestätigung einer Enttäuschung", stellte sie mit Bestimmtheit fest.

Muss sich wohl um eine große Liebe gehandelt haben, die unerfüllt geblieben ist, überlegte er sich.

Dann musterte sie ihn eingehend und eröffnete ihm: "Irgendwie erinnern sie mich an ... wie hieß der doch gleich, ah-ja, Hunter S. Thompson, den Erfinder des Gonzo-Journalismus, ein Genre zwischen Realität und Fiktion, der den Journalisten selbst zum Star einer wilden Geschichte macht."

"Ach?" Er fragte sich, ob sie das völlig blauäugig meinte oder mit einer Spur Zynismus, denn mit einem Drogenautor verglichen zu werden, erschien ihm eher abturnend. "Kenne ich, muss allerdings zugeben: ich habe noch nie in einem Bericht bewusst etwas Erfundenes verarbeitet. Aber als Ihr persönlicher Reporter empfehle ich Ihnen, sofort die Stadt zu verlassen."

"Wie bitte?" In ihren Augen standen Fragezeichen.

"Haha, das war doch eine Abwandlung von Hunters Text, in dem ein Protagonist sagt: Als Ihr Anwalt empfehle ich Ihnen, sofort den Raum zu verlassen."

"Hahahaa!" Ihr Lachen klang glockenhell, herzlich und mitreißend.

Das iPhone meldete sich erneut musikalisch, er ärgerte sich über das miese Timing und sie nahm das Gespräch an, erstarrte förmlich.

Als sie es weglegte, erkundigte er sich nach der offenbar erschreckenden Nachricht. "Was haben Sie denn Schlimmes erfahren?"

"Übermorgen ist Ultimo! Nur drei Worte und ich bin total hilflos."

"ICH bin ja bei Ihnen!", erinnerte er sie. "Wer weiß, vielleicht war der Anruf nur ein dummer Scherz. Als Journalist bekomme ich täglich mindestens einen solchen!"

"Ich hab' eine Idee!", sagte sie mit plötzlich zuversichtlichem Blick.

Die Hellsichtige oder eine Ohnmächtige sieht falsch

Einer Frau wie Claire war er selten begegnet, mit ihr zusammensein zu dürfen, selbst wenn es nur in der U-Bahn war, stellte sich als ein seelisches Doping heraus. In Filmen wird eine solche Szene immer mit schneller Instrumentalmusik unterlegt, um die Leichtigkeit des Zusammenseins zu vermitteln. Es stimmte auch, dass man einer schönen Frau beim Sprechen nicht richtig zuhörte, denn er fixierte abwechselnd ihr hübsches Gesicht und ihre zierliche Figur. Dass sie ihn zu einer Freundin von ihr führen wollte, bekam Jonas daher nur am Rande mit.

Dann gelang es Claire doch seine volle Aufmerksamkeit zu erlangen: „Es scheint so, als würden sich Kriminelle, Süchtige und Asoziale in U-Bahnstationen und Tiefgaragen mächtiger fühlen. Vielleicht, weil sie sich dort unten dem Teufel näher glauben und auf seine Schützenhilfe hoffen." Es klang fast wie aus einem Textbuch für eine Rolle vorgelesen.

„Stammt das aus einem Ihrer Szenendialoge?", erkundigte er sich deshalb.

„Nein", schmunzelte sie, „das habe ich mir selbst zusammengereimt."

"Und äh-wurden Sie schon einmal Opfer, wenn ich fragen darf?"

"Natürlich dürfen Sie fragen. Und ich werde Ihnen auch ehrlich antworten: einmal ist mir ein stark Alkoholisierter an die Wäsche gegangen, doch ein mutiger Passagier hat mich gerettet."

"Ein Glück", atmete er auf. "Sonst hätten Sie womöglich noch Ihre Leichtigkeit verloren."

"Leichtigkeit? Die könnte ich jederzeit auch vorspielen." Nun schien sie etwas nachdenklich zu werden, ehe sie weitersprach. "Mein Leben ist hektisch, jeden Tag Vorstellung, Proben, Gespräche mit meinem Agenten, dem Regisseur,... Ich muss mich jeden Tag in einen anderen Menschen hineinversetzen. Das kostet mich viel Kraft, ist aber gleichzeitig auch wahnsinnig erfüllend!"

Stumm nickte er nur, damit er sie nicht in ihrem Monolog unterbrach.

"Wenn ich z.B. an die große Paula Wessely denke - sie war wirklich eine tolle Schauspielerin. Nur blieb sie immer dieselbe, egal ob in der Rolle der Kaiserin Maria Theresia oder der Resi von der Alm. Als Kaiserin fand ich sie übrigens besser. Vielleicht weil ich selbst gerne solche Rollen spiele."

"Sie wollen bewundert werden, stimmt's?" Er glaubte sie durchschaut zu haben, ohne sie allerdings für egozentrisch zu halten.

"Das ist nicht mein Ziel, aber der Effekt! Wenn ich meine Rolle gut spiele, dann ernte ich automatisch Bewunderung!", sagte sie nicht ohne Stolz.

„Wie gehen Sie eigentlich an Ihre Rollen heran? Mit Method Acting?", fragte er interessehalber und auch, um sie sich geneigt zu machen.

„Je nachdem… Wie legen Sie denn Ihre Männerrolle an?"

„Wie ... ich glaube, ich verstehe nicht ganz…" Nun war er verwirrt.

„Naja, die typisch männlich tradierte Rolle, auf die schon kleine Jungs konditioniert werden. Die Rolle besteht aus Gewinnen, Abgrenzung, aus sich Erheben und aus Macht zelebrieren und ausüben. Und vor allem Gefühle nicht zu zeigen."

„Stimmt, weil das als schwach missinterpretiert werden kann."

„Oh-ja!", nickte sie zustimmend. „Schwachheit, dein Name ist Weib!"

„Schiller!", entkam ihm spontan.

„Nein, das stammt von William Shakespeare!", korrigierte sie ihn scharf, lächelte aber dann sofort wieder einnehmend. „Aus Hamlet. Aber das braucht MANN ja nicht zu wissen."

"Jaja, eine Schauspielerin hat alle wichtigen Texte im Kopf!"

„Eine Freundin von mir, leider als Schauspielerin erfolglos, hat den Freitod gewählt. Durch Erhängen. Das war mir so unverständlich." Ihr fröhliches Gesicht wechselte augenblicklich zur Trauermiene.

„Wenn man bedenkt...", überlegte er, „dass sich sogar einer der Rothschilds erhängt hat."

„Depressionen machen auch vor reichen Leuten nicht halt."

„Ja schon, aber WARUM bekam er wohl Depressionen?"

„Hm... Langeweile, Boreout?", riet sie herum.

„Also ich denke, er kam zur Einsicht, dass er mit allem Geld der Welt keine besseren Menschen kaufen kann. Er musste sich mit denen begnügen, die ihn umgaben."

"Mag sein, wir müssen aussteigen!"

Die Dame, die sie in Heiligenstadt besuchten, sah aus, als wollte sie eine Rolle in einem Fantasy-Film ergattern: ihren molligen Körper umhüllte buntes wallendes Gewand, unter dem sie Schnürstiefeln wie weiland die Gladiatoren trug. Das Haar zu einem Zopf geflochten, den sie sich wie ein Kropfband um den Hals geschlungen hatte, die Schminke im Gesicht theaterreif übertrieben, schien sie von ihrem einstigen Glanz verloren und doch nicht an Bescheidenheit dazugewonnen zu haben.

"Darf ich Ihnen meine gute Freundin Frau Myamar vorstellen?", fragte Claire rein rhetorisch und sah sie ehrfürchtig an. "Sie ist hellsichtig."

"Aha", entkam ihm und er wollte wissen: "Was ist der Unterschied zwischen einer Hellseherin und einer Hellsichtigen?"

"Das ist äh-doch ganz einfach", begann Frau Myamar mit leichtem Akzent. "Eine Hellseherin macht es beruflich auf Kommando und ich tue es nur ausnahmsweise für sehr äh-gute Freunde und manchmal sogar für mich selber!"

"Sehr gut", freute er sich und folgte ihr zusammen mit Claire ins Wohnzimmer.

Vertreter der Zeitschrift 'Schöner Wohnen' hätten sich beim Anblick des Mobilars mit Grausen abgewandt, denn es stellte einen Mix aus allen Epochen dar. Das Ikea-Regal stand neben einem Sekretär aus dem Gelsenkirchner Barock und der Tisch inmitten des Raumes mochte aus der Tafelrunde von König Arthus übergeblieben sein. Dessen ungeachtet nahmen sie alle drumherum Platz auf schon etwas wurmstichigen Holzstühlen und Jonas packte seine Fotos aus. "Darf ich Sie bitten einen Blick darauf zu werfen und uns Auskunft zu geben, was Sie sehen?"

Kaum hatte sie die Fotos in den Händen schloss sie die Augen und fiel um. Sanft sank sie von ihrem wackligen Stuhl hernieder und er dachte, dass das zu ihrer Show gehörte, die sie vor einem Neuling abzog.

"Um Gottes Willen", rief Claire aus. "Was ist mir ihr?"

"Keine Ahnung, sie ist ja IHRE Freundin. Macht sie das sonst nie?"

"Natürlich nicht! Sitzen Sie nicht so untätig herum, helfen Sie ihr doch!"

Nun kam er sich ziemlich unbeholfen vor und versuchte die Dame wieder aufzustellen, bzw. auf den Stuhl zurück zu hieven, was ihm nur mühsam gelang, denn kaum hatte er sie in der Senkrechten, kippte sie schon wieder zur Seite um. Daher stabilisierte er sie, indem er ihr eins seiner Knie in die Hüfte drückte, während er mit beiden Händen ihren Oberkörper auf dem Stuhl fixierte. Gern hätte er so etwas wie ein Teppichklebeband gehabt, doch derlei trug er nie bei sich.

Währenddessen fächelte ihr Claire mit beiden Händen Luft zu, was den Eindruck erweckte, sie wolle umherschwirrende Mücken vertreiben.

"Sie hat so einen romantischen Akzent, stammt sie aus dem Osten?", fragte Jonas, um die drückende Stille zu durchbrechen.

"Nein, äh-doch, aber das ist doch völlig belanglos jetzt..."

Schließlich kam die Ohnmächtige wieder zu Bewusstsein und griff sich in scheinbarem Schmerz auf die Stirne. "Es tut mir leid, aber mir ist jeder Blick in die Zukunft verwehrt."

"Das ist aber eine große Enttäuschung", sagte er und wollte schon zur Tür gehen.

"Sie geben aber schnell auf", ließ Claire etwas enttäuscht verlauten.

"Naja, wenn sie doch nix sehen kann. Außerdem sind die Aussagen von solchen hellsichtigen Leuten immer so vage. Sie sagen nicht etwa: am 31.

Dezember werden Sie um halb zwei Uhr nachts von einem Böller am Bein getroffen. Sie sagen: Wenn es schneit und dunkel ist, kann es sein, dass Sie Schaden nehmen."

"Ich habe sehr wohl schon genaue Aussagen machen können, aber leider nicht auf Befehl", monierte die Dame. "Lassen Sie mir einfach Ihre Telefonnummer da, dann rufe ich Sie an, wenn ich Nachricht für Sie erhalte!"

Eher widerwillig überreichte er ihr seine Visitenkarte und verließ mit Claire die originelle Wohnung.

"Das kann man wohl als Reinfall bezeichnen", sagte er leise zu ihr im Stiegenhaus. "Wollen wir noch einen kleinen Cocktail in einer Bar zu uns nehmen?"

"Verzeihen Sie, wenn ich ablehne, aber ich habe morgen einen vollen Terminkalender. Von Arztbesuch, über Stellprobe am Theater bis zu einem Gespräch mit meinem Agenten ist alles dabei. Da will ich noch ausgiebig durchschlafen!"

"Tja, da kann man nix machen! Ich gebe Ihnen meine Visitenkarte, Sie können mich jederzeit anrufen!" Bei der Übergabe berührten sich ihre Hände und er fühlte einen leichten elektrischen Schlag...

Vor dem Haus von Frau Myamar trennten sie sich, Claire nahm ein Taxi und er fuhr per U-Bahn zur Arbeit. Ein Journalist hatte auch abends Dienst an der Verbreitung der Wahrheit.

Als er in die Redaktion kam, telefonierte der Chefredakteur eben: "Die Reichen fokussieren sich so auf ihre Gier und deren Befriedigung, dass ein Normalo da gar nicht mithalten kann.... Jaja, diese Ästhetik kann leicht dazu führen, sie verherrlichen und nachahmen zu wollen."

Es waren die üblichen Gesprächsfetzen, die er wahrnahm, wenn er an jemandem vorbeiging und er fragte sich noch, mit WEM Riasek so gestelzt parlierte. Nachdem er seinen Computer hochgefahren hatte, eilte er zu Riasek, der eben heimgehen wollte, um ihm alles, was er sich zusammengereimt hatte, zu erzählen.

"Nanu, Jericho", wunderte sich dieser. "Heute mit Krawatte? Waren Sie sich beim Konkurrenzblatt vorstellen oder bei einem Rendezvous?"

"Weder noch, sondern im Zuge einer Recherche unterwegs", gab er bekannt und weihte ihn in alles ein, bis auf seinen Besuch bei Claire.

Der Chefredakteur schien wenig beeindruckt von seinem Verdacht. "Haben Sie andere kürzlich Verstorbene auch auf diesen Punkt untersucht? Sozusagen als Gegenprobe?"

"Öh- nein, aber das würde auch keine große Rolle spielen, da der Punkt ja nicht bei JEDEM Todesfall vorkommen müsste, es ist doch schon eigentümlich, wenn er bei EINIGEN aufgetaucht ist, oder?"

"Das sehe ich anders. Wie Sie sicher wissen, muss etwas Derartiges mindestens 200mal vorkommen, um als auffällig gewertet zu werden. Zu behaupten, dass jemand, in dessen Visage auf einem Foto ein dunkler Punkt eine gefahrengeneigte Existenz bis zu einem baldigen Tod ankündigt, auch mit Sicherheit abkratzen wird, halte ich für vermessen."

Jonas atmete hörbar aus, er witterte die Story seines Lebens, die ihm sein Chef gerade madig zu machen versuchte. Allerdings hatte dieser wohl recht mit dem Hinweis auf die 200mal. Denn sollte der ominöse Punkt nur einige Male vorgekommen sein, musste er wohl oder übel dem großen Bereich des Zufalls zugeordnet werden. Andrerseits gab es eine alte Journalisten-Weisheit: Lass dir eine tolle Story nicht von der Wahrheit kaputtmachen. Jene Wahrheit, welche die Leute eh nicht gerne vernahmen!

"Jaja, mein Lieber", meinte sein Vorgesetzter amüsiert. "Das stammt nicht von mir, sondern von so einem hochgebildeten Eierkopf! Aber irgendwie ringen Sie mir doch Respekt ab, Jericho. Jeder Journalist, der etwas auf sich hält, muss Querelen haben, sonst wird nix aus ihm!"

Dieses verblümte Lob verwunderte Jonas und machte ihn gleichzeitig ein wenig stolz...

"Es kann natürlich auch sein, dass Sie nur eine Hintertreppengeschichte konstruieren wollen, um einige Todesfälle miteinander in Verbindung zu bringen", fuhr Riasek nun fort. "Sie wissen schon, die üblichen Thesen über Hintergründe und gläserne Recherche, die man Ihnen dann vorwerfen wird..."

"Ich bleibe jedenfalls dran an der Sache", versprach er.

"Wie Sie wollen, aber vergessen Sie darüber die Routine nicht!", warnte Riasek und ließ ihn stehen.

Nach getaner Arbeit ging Jonas noch eine Weile durch die sternenklare

Nacht spazieren, um nach diesem aufregenden Tag zur Ruhe zu kommen. Daheim schlief er so gegen halb zwölf Uhr ein.

Punkt Ein Uhr wurde er von seinem Smartphone geweckt. "Hallo?"

"Hier Frau Myamar!", verkündete ihm eine heisere Stimme.

"Frau Myamar, wissen Sie wie spät es ist?"

"Sie sagten doch, ich könne keine genauen Angaben machen, oder? Also jetzt kann ich Ihnen mitteilen, dass eine von Ihnen geliebte Person in unmittelbarer Gefahr befindlich ist", sagte sie nicht ohne Stolz.

"Claire?"

"Das müssen Sie selbst wissen!", sagte sie schnippisch und legte auf.

Wie von der Tarantel gestochen sprang er auf und zog sich in Windeseile an, um wie ein Irrer seine Wohnung zu verlassen, um Claire vor welcher Gefahr auch immer zu retten... Doch auf der Straße angekommen, blieb er unschlüssig vor seinem Wagen stehen. Was, wenn es sich um eine Frau aus seiner Vergangenheit handelte? Wie stünde er vor Claire Cassini da, sollte sie nicht in Gefahr sein und er weckte sie völlig sinnloserweise auf? Zu 99 Prozent würde sie vermuten, er sei ein Stalker, der nur ihre Nähe suchte. Allerdings wusste er aus einem Interview in der Presse am Sonntag, dass sie nach ihrer Vorstellung im Burgtheater gern noch auf einen Absacker in die Atmosphere Rooftop Bar einkehrte, die sich am Schubertring befand. Hm, für die Erwähnung in der Zeitung bekam sie sicher Ihre Drinks zum halben Preis auch außerhalb der Happy Hour. Aber immerhin hatte er einen wichtigen Anhaltspunkt, wo er sie finden konnte. Ja, nahm er sich vor, dorthin fahre ich nun, um sie aus der Ferne zu beobachten und ihr bei Bedarf zu Hilfe zu eilen, wie ein Ritter mit flammendem Schwert auf einem weißen Pferd. Welch pathetische

Gedanken manchmal sein Gehirn durchströmten, überraschte ihn selbst.

Als er gerade in seinen Audi einsteigen wollte, eines zwar abgenutzten, doch immer noch funktionstüchtigen Gefährts, mit welchem er schon einige Reportagen vollführt hatte, kam gerade seine Nachbarin Frau Dolmenhorst, eine Krankenschwester im AKH, von ihrem Nachtdienst heim.

"Nen schönen Abend, Herr Jericho, so ein Zufall, Sie so spät noch zu treffen, Sie wollen doch nicht etwa jetzt noch ins Spital fahren?"

"Nein-äh, wie kommen Sie darauf?"

"Weil Ihre Großmutter vor zwei Stunden bei uns eingeliefert worden ist. Starke Brustschmerzen, der Verdacht auf Herzinfarkt hat sich zum Glück nicht bestätigt. Darum hat sie auch verzichtet, jemand aus der Familie zu kontaktieren. Sie meinte, sie wolle nicht die Pferde scheu machen. Wie haben Sie davon erfahren?"

"Ach, das glauben Sie mir ohnehin nicht, naja, wenn es ihr schon bessergeht, dann kann ich mich ja wieder schlafenlegen."

"Tun Sie das, Sie sehen ohnehin ein wenig abgehetzt aus. Aber das bringt wohl Ihr Beruf mit sich."

"Stimmt, der ist manchmal ziemlich hektisch. Gehen wir also gemeinsam wieder in unser stilles Heim!"

Auf dem Weg zu ihrer Wohnung erzählte sie ihm noch, wie stolz seine Oma auf ihn sei und es lustig fand, dass sich seine Nachbarin um sie kümmern müsse.

"Also lustig finde ich den falschen Ausdruck, mir kommt es eher mysteriös vor, dem Zufall oder auch dem Schicksal derartige Absonderlichkeiten zu verdanken. Jedenfalls wünsche ich Ihnen noch einen erholsamen Schlaf!"

"Ebenfalls, schalten Sie einfach mal ab, nicht nur Ihr Handy!", empfahl sie ihm und ließ ihn allein im Treppenhaus zurück.

Also zog er sich wieder ganz allein in sein Schlafgemach zurück, wo er schmerzlich seine Ex-Freundin vermisste, von der er sich vor einem halben Jahr getrennt hatte, oder vielmehr sie sich von ihm. Seine letzte rein sexuelle Beziehung lag auch schon eine Weile zurück und er war kein Mann für One-Night-Stands, naja, jedenfalls behalf er sich selbst und schlummerte hernach friedlich ein.

Der V-Mann in die Parallelwelt oder zwei unverhoffte Wiedersehen

Am nächsten Tag beschloss Jonas spontan sich im Park nochmals am Tatort umzusehen und erlebte eine Überraschung: die von den Kindern beschriebene Jugendbande tagte dort gemütlich, als wäre nichts geschehen. Die Burschen saßen zwischen den Spielgeräten auf dem Spielplatz herum und schienen sich telepathisch zu verständigen, als er zu ihnen stieß. Wie Drogengangster sahen sie nicht aus, sondern wie übliche Teenager in der rauen Sturm- und Drangphase, die sich unbedingt von Erwachsenen - namentlich natürlich ihren Eltern - unterscheiden wollten. Alle trugen Markenkleidung und das, was man im Volksmund als Freak-Frisur bezeichnete. Also an den Seiten geschoren wie Diktator Kim Jong-un, oder auch die Mittelpartie zu einem kleinen gegelten Rossschwänzchen gebunden. Auf Style legten sie alle augenscheinlich großen Wert. Den Anfang einer Konversation zu machen, vor allem mit noch Unbekannten, fand Jonas immer am schwierigsten, doch er entschied sich für die lockere Art.

"Hallo, Jungs."

Alle starrten ihn nur an, als wäre er auf der falschen Firmenfeier, doch er ließ sich nicht aus der Ruhe bringen.

"Na, wie geht's uns denn heute?", fragte er jovial und gesellte sich zu ihnen wie ein selten gesehener Gast.

"Das hat man mich im Spital auch immer gefragt", meinte einer.

"Bist du Alevit?", wollte ein anderer sofort wissen.

"Nein, ein Orb!", erklärte er daraufhin und fuhr aufgrund ihrer ahnungslosen Gesichter fort: "Ohne religiöses Bekenntnis."

"Das ist aber nichts, auf das du stolz sein kannst", kommentierte wieder ein anderer.

"Hat nix mit Stolz zu tun!", erwiderte er dem einen, der scheinbar der Anführer der Jugendlichen war und passenderweise ein T-Shirt von Hugo BOSS zur Schau trug. "Ich brauche niemanden, der mir sagt wie ich mein Leben zu führen habe. An Gott glaube ich, obwohl er noch nie zu mir gesprochen hat. Und zu dir? Hat er oder sein Prophet schon mal zu dir gesprochen?"

"Die Worte des Propheten stehen im Koran!", antwortete der eine von ihnen naseweis.

"Und welche Übersetzung hast du? Es sind nämlich einige vom Original abweichende im Umlauf, sodass sich clevere Leute das Deckmäntelchen einer Weltreligion umhängen können und deren Anhänger für ihre Ziele instrumentalisieren wollen."

"Bist du Anwalt oder sonst was Systemrelevantes?"

"Nein, nur ein kritischer Denker!"

"Und was denkst du dir so?", fragte ein anderer mit verschmitztem Lächeln.

"Dass wir alle Sklaven sind, hier in Österreich zwar mit mehr Auslauf und Rechten als anderswo, aber eigentlich dienen die meisten doch nur dem Götzen Mammon!"

"Da hat er verdammt recht!",
pflichtete ein anderer bei.

Der Anführer beäugte ihn kritisch
und überlegte wohl gerade, ob er einen
Polizeispitzel vor sich hatte oder einfach
nur einen Agnostiker, der sich nicht von
irgendeinem Fanatiker für seine Zwecke
einspannen ließ. Jedenfalls blieb er wie
die andern auch ruhig sitzen und machte
keine Anstalten sich fortzubewegen. "Bei
uns gibt es ein Sprichwort: Besser deine
Mutter weint als meine."

"Ich finde, es ist am besten, wenn
gar keine Mutter weint, außer
Freudentränen über die Leistungen ihres
Sohnes." Im Duell der Worte konnte
Jonas schon seit frühester Kindheit
immer punkten.

"Hm!", machte der Anführer und
schien nicht sonderlich beeindruckt zu
sein, sondern checkte ihn weiter ab.

Jonas merkte das und wollte ihn
mit einer philosophischen Frage etwas
zerstreuen. "Habt ihr euch schon

überlegt, was uns überhaupt erst zu Menschen macht?"

"Hmm", machte der Anführer und seinem Gesichtsausdruck war eine gewisse geistige Anstrengung zu entnehmen. "Die Dinge des Lebens."

"Ich denke da mehr an den Kampf des Herzens mit dem Verstand. Oder besser ausgedrückt: das Herz und der Verstand im heroischen Kampf mit sich selbst." Das hatte er mal irgendwo gelesen, er wusste in dem Augenblick selbst nicht mehr wo.

"An dir ist ein Philosoph verlorengegangen", scherzte einer.

"Möglich, aber ich bin noch jung genug einer zu werden, d.h. große Philosophen wurden ohnehin erst im Alter zu dem, was wir heute kennen", erläuterte Jonas.

Da schien dem Anführer ein Licht aufzugehen: "He, ich hab's! Du solltest Rapper werden. Dann kannst du deine

Weisheit auf Noten unter die Leute bringen und viel Geld abcashen!"

"Wow", sagte er anerkennend. "Das ist echt eine Super-Idee. Kennt ihr zufällig jemanden aus dem Biz?"

"Klar! Aber wir vermitteln nur gegen Bares!", sagte einer vorwitzig.

"Das hab' ich mir fast gedacht."

"Ja", bestätigte der Anführer. "Auch wir dienen dem Götzen Mammon."

Damit schloss sich der Kreis der kurzen Gesprächsführung und alle mussten lachen.

Nun hielt es Jonas an der Zeit zur Sache zu kommen: "Hier wurde kürzlich ein junger Bursche getötet. Schreckt euch das nicht, wenn einer so plötzlich stirbt?"

"Na, hätte er das Sterben vielleicht täglich vorher üben sollen?", grinste ihn der Anführer lässig an. "Wenn du denkst, wir hätten was mit seinem Tod zu tun, dann irrst du!"

"Ich denke, es blieb euch bestimmt nicht verborgen, was hier vor kurzem geschah und ich wollte eure Meinung dazu hören." Insgeheim wusste er natürlich, dass einige darunter waren, die jede Meinung, welche nur eine Unze von ihrer eigenen abwich, sofort als unglaubliche Zumutung empfanden.

"Ich hab ihn nicht erschossen!", meinte einer. "Ich hab nicht mal ein U-Hakerl!"

"Wenn Gott will, schießt sogar ein Kugelschreiber, hähä!", krähte ein anderer los.

"Erstochen wurde der, hast nicht gelesen?", kritisierte ihn der Anführer. "Steht doch in der Kronenzeitung!"

"Jedenfalls ist er mausetot und es könnte doch sein, dass er nur der erste Tote einer ganzen Serie war", gab Jonas zu bedenken.

"Und einer von uns soll jetzt der Nächste auf der Todesliste sein?", erkundigte sich der Anführer.

"Wer weiß, ... Sicher habt ihr doch einen Verdacht, wer dahinter stecken könnte", mutmaßte Jonas und sah aufmerksam von einem zum andern.

"Das haben wir dem alten Bullen schon verklickert", höhnte einer aus der jungen Bande.

"Wer bist du eigentlich, hab deinen Namen nicht verstanden", fragte der Anführer.

"Mein Name ist Jericho, rasender Reporter."

"Wenn du ein Interview willst, dann melde dich bei unsrem Manager!", ätzte der Anführer, stand auf und trottete gefolgt von den andern davon.

Kaum waren die Burschen verschwunden, kam aus dem Hintergrund eine ältere Dame, Typ Taubenfütterin, auf Jonas zu: "Kennen Sie diese G'fraster näher?"

"Nein, ich recherchiere in dem Mordfall, der hier passiert ist."

"Da brauchen Sie net lang recherchieren, einer dieser jungen Bandenmitglieder war es. Die haben alle schon die richtigen Verbrechervisagen", ereiferte sie sich. "Sehen aus wie richtige Galeerensträflinge, Alcatraz-Style sagt man auch dazu, und sind immer noch auf freiem Fuß! Schon die Frisur von dem Nord-Vietnamesen, Kim Tschatka oder wie der heißt, sollte genügen, die alle aus dem Verkehr zu ziehen. So viele Tiere sterben aus, doch was sicher nie ausstirbt, sind so böse Menschen! Denen fehlt es an Ausbildung, Anstand und gutem Geschmack!"

"Er heißt Kim Jong-un und stammt aus Nordkorea", wusste Jonas. "Und die Polizei braucht schon Beweise, um sie festnehmen zu können. Haben Sie etwas Verdächtiges gesehen?"

"Nein- äh außer diese herumlungernde Nichtsnutze, aber wer soll es denn sonst gewesen sein, etwa ein ganz gewöhnlicher Bürger?", fragte sie ungläubig.

"Sie würden nicht glauben, wozu gewöhnliche Bürger oft fähig sind", sagte er sichtlich schweren Herzens. Natürlich hätte er es lieber gehabt, wenn man jedem Kriminellen seine bösen Intentionen sofort ansehen konnte, doch so einfach war es leider nicht.

"Also ich habe in der Zeitung eigentlich immer nur von diesen ganzen Mittelalter- und Steinzeitmenschen gehört, die vor Gewalt angeblich geflüchtet sind, sie aber mit sich zu uns eingeschleppt haben. Das sind gar keine Flüchtlinge, sondern alles Soldaten, die hier auf das Black-Out warten und dann geht's rund, da werden Ihnen die Augen übergehen!"

"Liebe Frau, ich will nicht mit Ihnen über Ausländer polemisieren", winkte er ermüdet ab.

"Ich glaube gar nicht, dass die alle aus dem Ausland gekommen sind", meinte sie und schüttelte den Kopf.

"Ach, woher denn sonst?"

"Na, direkt aus der Hölle. Ich weiß nicht, wer sie heraufgeschickt hat, aber jedenfalls scheint es mir, als wäre das Tor zum tiefsten Orkus sperrangelweit offen, so wie die Grenzen der vielgepriesenen EU. So eine Frechheit, dass man uns diesen Nepp-Verein als Friedensunion verkauft hat, als ob es seither keine Kriege mehr gegeben hat. Sie werden nur mit andern Mitteln geführt."

"Uns geht es doch allen gut, oder?"

"Aber nimmer lang, wenn man bedenkt, dass jährlich eine Billion Euro aus dem Nichts geschaffen und in unser Geldsystem gepumpt wird. Wie lang, glauben Sie, geht sich des noch aus? Bald können wir uns mit diese ganzen wertlosen Euro-Papierln die Wände tapezieren, schade um die Bäume, die man dafür abholzt!"

"Regen Sie sich doch nicht auf, es wird auch wieder besser werden", wollte er sie beschwichtigen.

"Na, sicher net, weil die Zeit zwischen Akne und Alzheimer viel zu kurz ist, um die Welt verbessern zu können. Die wiederholen nur immer wieder dieselben Fehler mit andern Mitteln!"

"Tut mir leid, ich muss leider meinen seriösen Recherchen nachgehen", verabschiedete er sich, da er keine weitere Lust auf eine Diskussion mit der erbosten Dame verspürte.

"Ah, ist das, was ich sag', vielleicht net seriöööös?", rief sie ihm exaltiert nach.

Noch einmal wandte er sich lächelnd um und winkte ihr zum Abschied.

Wenig später erschien der rasende Reporter im Sicherheitsbüro und wurde zu Kommissar Huber, der intern gern Sheriff genannt wurde, vorgelassen.

"Sie schon wieder?"

Keine wünschenswerte Begrüßung. "Ich war am Tatort und traf

die angebliche Jugendbande. Wie Kriminelle sahen die allerdings nicht aus."

"Für mich sehen die alle gleich aus", motzte Huber, der an seinem Schreibtisch lustlos am Computer herumtippte.

"Ja, aber die sehen nicht einmal aus wie der Typ 'bildungsfern & alkoholnah'."

"Wer keinen Alkohol trinkt, ist bei mir schon IS-verdächtig!"

"Lassen Sie das die Jungs nicht hören, sonst parfümieren sich die noch mit Whisky!", scherzte Jonas.

"Kommen Sie zur Sache oder sind Sie nur zum Spaß hergekommen?"

"Ich hab mich mit diesen Jugendlichen zwanglos unterhalten und einen guten Eindruck bei ihnen hinterlassen", berichtete Jonas dem Sheriff, der ihm nur ein müdes Lächeln schenkte. "Dabei kam ich auf die Idee, mich bei denen als V-Mann einzuschleichen und später eventuell eine Reportage darüber zu schreiben, nachdem ich sie für Sie ausgehorcht habe."

"Das können Sie knicken", lehnte der Kommissar sehr müde dreinblickend ab. "Wir haben bereits einen V-Mann bei denen eingeschleust, und zwar schon längst."

"Ach...", entschlüpfte es Jonas.

"Dachten Sie echt, SIE wären dazu überhaupt geeignet?" Nun klang leichter Hohn aus der Stimme des Kriminalen. "Sie sind nicht einmal mehr in der entsprechenden Generation."

"Immerhin bin ich jünger als SIE!", dröhnte ihm Jonas entgegen, was er sogleich bereute. Denn mit den Herren von der Polizei, besonders mit denen vom Innendienst, sollte man sich als Journalist schon gutstellen. "Äh.... tut mir leid, das ist mir so rausgerutscht."

"In jeden Fall, vergessen Sie's! Das ist eine Gegenwelt zu unserem demokratischen System, ein im mentalen Ghetto eingesponnener Kokon, den SIE bestimmt nie durchdringen können, manchmal, wenn sie mit denen gemeinsam die Schulbank gedrückt hätten!" Pikiert rauschte er ab, hatte die gestrige Essenseinladung wohl schon lang vergessen.

Etwas hilflos sah sich Jonas um. In dem altmodisch möbilierten Büro saßen zwei Männer in Zivil herum, von denen einer seine Waffe stolz im Schulterhalfter trug, während der andere schmatzend ein dickes Wurstbrot verspeiste. Der Bewaffnete schnappte sich einen Aktenordner und verließ das Büro, was der Wurstbrot-Konsument zu einem Gespräch mit dem Reporter nutzte.

"Sie machen auf mich den Eindruck eines Anfängers", eröffnete er ihm frei von der Leber weg, wobei ihm einige gekaute Speisereste aus dem Mundwinkel kippten.

"Nun ja, mit Mord hatte ich bisher nichts am Hut, bis auf einen Fall vor

Jahren", gab Jonas widerwillig zu. "In letzter Zeit nur einige Diebstähle, Raubüberfälle und so..."

"Verstehe, Sie sollten sich mal in der SM-Szene umhören", riet ihm der scheinbar ihn bemitleidende Bulle in hilfreicher Absicht.

"Ah, gibt es irgendeine verbindende Achse dorthin?", fragte Jonas etwas hochtrabend.

"Der Tote war einschlägig bekannt im SM-Café im 6. Hieb." Das Wort 'Hieb' war ein beliebter Dialektausdruck für Bezirk.

"Oh, vielen Dank", sagte Jonas und machte sich diensteifrig sofort auf den Weg dorthin.

An der Bushaltestelle sah er eine Frau, die ihn an seine Studiengefährtin Alma erinnerte, dem Augenstern, wie sie auch gern genannt wurde. Ja, je näher er kam, umso sicherer wurde er, dass sie es sei, doch als er nur knapp einen Meter von ihr entfernt war, erkannte er seinen

Irrtum. Stumm guckte er stattdessen auf dem an der Haltestelle befindlichen Fahrplan, wollte dann doch zu Fuß in den 6. Bezirk spazieren, als der Bus kam. Ungläubig blickte er auf eine der Aussteigenden: es war nun tatsächlich Alma, die ihm lächelnd entgegenkam.

"ALMA!", rief er erfreut aus. "Wie lang ist das jetzt her?"

"Unser Studienende? Oh, das muss schon ein Jahrzehnt sein, daran verschwende ich keinen Gedanken!"

Neugierig musterte er sie, so schlank wie damals, so hübsch wie damals und sicher nicht mehr so frei wie damals... "Darf ich fragen, ob du schon vergeben bist?"

"Du darfst mich alles fragen! Die Antwort lautet nein, denn ich bin ein sehr glücklicher Single, nach einigen Enttäuschungen...", fügte sie noch etwas weniger lächelnd hinzu. "Manche Männer denken, dass ihnen das Leben noch etwas schuldig sei, die haben so eine Gier, das wirkt direkt abstoßend..."

Es hatte schon damals eine Schlagkraft, wenn sie sprach. Der Bus fuhr ab und er blickte ihm erschrocken nach, denn eigentlich wollte er ja einsteigen.

"Oh, hast du nun meinetwegen deinen Bus versäumt?" Dabei ließ sie ihr tiefes, halsbrecherisches Lachen erklingen, wobei ihre weißen Zähne aufblitzten wie die eines Raubtieres auf dem Sprung.

"Nein-nein", stammelte er, "ich habe keinen Termin, befinde mich nur auf Recherche, da kann ich mir die Zeit selbst einteilen, darf ich dich auf einen Kaffee einladen?"

"Tut mir leid, ich bin termingebunden, ruf mich doch mal an", verabschiedete sie sich mit einem leichten Schulterklopfen.

Etwas wehmütig sah er ihr nach, denn nun wusste er nicht, ob sie das mit dem Anruf ernst gemeint hatte, oder nur auf die freundliche Art ausdrücken wollte, dass er nicht ihr Typ war, oder auch nicht mehr....

"Hallo Jonas!", rief eine Frauenstimme hinter ihm.

Wie ertappt drehte er sich um und sah in das rundliche Gesicht von Gretchen, einer Klassenkameradin aus dem Gymnasium. "So eine nette Überraschung, erst treffe ich eine Kommilitonin und nun dich!"

"Muss schon fast zwei Jahrzehnte her sein, was?", fragte sie, strich sich eine widerspenstige blonde Haarsträhne aus der Stirn. "Was ist aus dir geworden?"

"Ein erfolgreicher Journalist", behauptete er im Brustton der Eitelkeit.

"Gratuliere, ich bin im Stadtgartenamt. Weißt du was von den anderen?"

"Nein, die sehe ich alle nicht mehr. Ist einer von denen berühmt geworden?"

"Nein, warte, unsre kleine Lotti, die wurde eine preisüberhäufte Grafikerin. Gestaltet Buchcover, verkauft Porträts, zeichnet auch Mangas, das ist noch die Erfolgreichste, von der ich weiß", berichtete sie.

Ihm fehlte das Gesicht zu besagter Lotti, dafür fiel ihm auf, dass Gretchen früher viel dünner gewesen ist. Heute stand sie mit zirka 25 Kilos zuviel auf den Rippen vor ihm, doch ihr einnehmendes Wesen ließ davon gern absehen. Füllig geworden bot sie dennoch immer noch einen Anblick zum Anbeißen, vor allem ihr bauschiges Gesicht mit den lustigen Augen wirkte so, als wolle sie dem Gegenüber jeden Wunsch erfüllen, wenn er sich nur freundlich genug zeigte. Schon überlegte er, sie zum Abendessen einzuladen, doch da kam ihr Bus und sie verabschiedete sich.

"Tschüss, mach's gut, Jonas!"

Leider musste er auf einen Bus der anderen Linie warten, der hier ebenfalls hielt, doch von dem noch jede Spur fehlte, so wie auch von dem Mörder des Schotten...

Dämonen oder als Masochist lebt sich's leichter

Im 6. Bezirk kehrte er in das von dem Innendienst-Beamten empfohlene SM-Café ein, welches karg in Schwarz gestaltet war. Im Hinterzimmer luden Streckbank und Gynäkologenstuhl zu den üblichen Spielchen in der Sado-Maso-Szene ein.

Der Wirt beäugte ihn skeptisch. "Sie sind zum ersten Mal hier."

"Stimmt-äh, ich will halt auch mal alles ausprobieren", stammelte er wieder etwas hilflos daher. Irgendwie kam er sich vor wie einer, der sein größtes Abenteuer erlebt, nur leider nicht dafür geschaffen ist. Doch er beschloss wacker, sich nicht entmutigen zu lassen. "Hier sollte ich jemanden treffen, der sich Henry O'Mally nannte."

"Oh, da haben Sie leider Pech. Henry wird nicht kommen", sagte der Wirt und strich sich quer über den Hals.

"Nicht?", stellte sich Jonas völlig unwissend.

"NEIN, denn er ist tot", unterrichtete ihn der Wirt. "Haben Sie die Zeitung nicht gelesen?"

"Bedaure, ich hatte so viel zu erledigen..."

"Seinen Grundsatz 'Only the Good die young' hat er nun leider wahrgemacht." Der Wirt konnte ein leichtes Grinsen nicht verbergen, wohl, weil er selber eine sadistische Ader in sich trug.

Nicht er, dachte Jonas, jemand anderer hat ihn kaltgemacht. "Und-äh,.. Können Sie mir sagen, mit wem er sich sonst hier traf?"

"Sicher, aber das kostet Sie was", meinte der Wirt und grinste wieder, während er schon die Hand aufhielt. "So ein Lokal führen ist ziemlich teuer, die

Krankenkasse bringt einen um den ganzen Gewinn! Und ich habe nix mehr, was aus dem Schlitz in der Wand kommen könnte, um es gegen einen nahrhaften Burger einzutauschen!"

Mit einem verbissenen Gesichtsausdruck löhnte Jonas einen 50-Euro-Schein, um die erwünschte Info zu erhalten.

"Scheint fast so, als würden Sie seine Dämonen suchen", scherzte der Wirt, als er den orangen Schein in seine Börse verschwinden ließ und dann mit dem Finger zeigte. "Dort in der Ecke sitzt sie, heißt Sue, ist Schauspielerin und ein heißes Stück Fleisch!"

Jonas Augen wanderten in die entsprechende Richtung, wo eine ganz in Schwarz gekleidete Blondine saß. Allerdings mit fetten Haaren und dem Gesicht in ihr Glas geneigt. Mit ihrer zusammengesunkenen Haltung erweckte sie den Eindruck entweder volltrunken oder mitten in einer ausgewachsenen Depression zu sein. An beiden Wänden befanden sich Spiegel, die ihre Niedergeschlagenheit zu vervielfachen schienen, also beschloss er spontan damit eine Anmache zu starten und schlenderte arglos zu ihr hin.

"So viele Spiegel, da fällt mir eine Reportage eines Kollegen ein, der über Hollywood als Hort der Satanisten berichtete."

"So?" Ihre hellbraunen Augen nahmen ihn ins Visier, das Weiß drumherum zeigte sich von roten Äderchen durchzogen - sie schien viel geweint zu haben.

"Oh ja, so Kaliber wie Angelina Jolie redeten ganz offen über satanische Rituale, bei denen Haustiere geopfert werden müssen. Und solche Schauspielerinnen haben oft keine Spiegel im Hause, damit sie darin keine von ihnen heraufbeschworenen Dämonen sehen."

"Wollen Sie damit andeuten, dass es Dämonen in der Realität gibt?" Ihre Stimme verriet Nüchternheit.

"Nein, ich will damit sagen, dass Leute, die an Dämonen glauben, diese auch im Spiegel sehen können."

"So wie ein eidetisches Bild?"

"Genauso! Darf ich mich zu Ihnen setzen?" Auf ihr Nicken setzte er sich. "Mein Name ist Jonas, ich wollte mich hier eigentlich mit Henry treffen."

"Hat er von mir erzählt?" Skeptisch kniff sie die entzündeten Augen zu.

"Nein, er wollte mir beruflich etwas mitteilen, wie ich schon andeutete bin ich Journalist."

"Ja, er sagte, dass er jetzt öfters in der Zeitung stehen wird", erzählte sie mit nach unten gezogenen Mundwinkeln. Ihr Gesicht war hübsch, wenn auch etwas unvorteilhaft geschminkt. "Und nun ist er der Star eines Mordfalls..."

"Denken Sie, dass sein Tod etwas mit dem zu tun haben könnte, was er mir sagen wollte?", formulierte Jonas vorsichtig.

"Ich weiß nicht, was er Ihnen sagen wollte." Nun zeigte ihre Miene keine weitere Informationsfreudigkeit, sie nippte an ihrem Glas.

"Er sprach doch über Sie, Sue", begann Jonas, "Sie sind Schauspielerin, jedoch verschwieg er mir WO sie auftreten."

"Da gibt's nix zu verschweigen, ich hab kein Engagement. Es ist bei uns so wie in England, wo jährlich 17.000 fertige Schauspieler auf den Markt drängen und doch nur zirka 11 Wochen Arbeit im Jahr finden."

"Und Sie bräuchten 12 Wochen, um Stütze zu bekommen, stimmt's?"

"Sie sind gut informiert, aber als Journalist müssen Sie das auch sein." Beiläufig kratzte sie sich mit ihren grellrot lackierten Fingernägeln am Kopf, wobei einige Schuppen auf ihre Schultern fielen.

"Ich habe auch über Künstler und das AMS recherchieren müssen. Die finanzielle Situation ist schwierig und ihre private sicher noch viel mehr... Der gewaltsame Tod Ihres Freundes macht Ihnen wohl sehr zu schaffen... Wenn ich Ihnen irgendwie helfen kann, dann..."

"Haben Sie Kontakte in die Theaterwelt? Weil von der notorisch Apokalypse-versessenen Blockbuster-Filmbranche erwarte ich mir keine Rolle." Das klang sehr realistisch für eine Schauspiel-Absolventin.

"Ein Freund von mir ist in Bochum Intendant in einem Theater, allerdings glaube ich kaum, dass Sie einen Ortswechsel anstreben, oder?" So unauffällig wie möglich versuchte er, ihren Geruch aufzunehmen, doch sie schien weder Parfum zu verwenden, noch zu schwitzen. Sie roch nach gar nichts, so als wäre sie überhaupt nicht anwesend.

"Stimmt, ich gehe nicht gern Risken ein", gab sie zu.

"Und da besuchen Sie ein solches Lokal?", wunderte er sich. "Sind Sie Masochistin?"

"Dann hätte ich bestimmt mehr Lust am Leben. Ich war nur wegen Henry hier", bekannte sie traurig. "Nach seinem Tod komme ich noch einmal auf einen letzten Drink!" Hastig leerte sie ihr Glas und schluckte schwer, gurgelte hörbar.

"Lassen Sie sich nicht vom Alkohol trösten, dazu sind Menschen besser geeignet", beschwor er sie.

"Was für ein schönes Credo zum Mit-heim-nehmen", flüsterte sie, erhob sich und flüchtete richtiggehend aus dem Lokal.

Sogleich kam der Wirt herbei. "Ich wollte Sie nicht beim Anbraten stören. Hat wohl nicht so recht geklappt, was?"

"Nein, und nein, ich möchte nichts trinken." Schnell stand er auf, um sie zu verfolgen.

"Sie brauchen ihr nicht nachzulaufen, sie wohnt gleich um die Ecke im ersten Stock", verriet er, ganz ohne dafür einen Obolus zu verlangen.

"Oder wollen Sie sie trösten, anstatt nur auszuhorchen?"

"Hm, eigentlich..." stammelte er, denn er hatte dem Wirt nicht soviel Grips zugetraut, seine Intentionen zu durchschauen. "Können Sie mir etwas über Henry erzählen, das ihm den Tod gebracht haben könnte?"

"Tut mir leid, aber soweit hat er mich nicht ins Vertrauen gezogen. Er tat immer nur äußerst geheimnisvoll und mit Sue, naja, Sie können sich wohl denken, dass er mit IHR auch nicht so viel geredet hat..."

"Ist klar", sagte er kopfnickend und wollte gehen.

Doch der Wirt hielt ihn am Ärmel fest. "Mir fällt da gerade etwas ein, das Ihnen helfen könnte, kostet aber noch einen Schein!" Schon hielt er die Hand auf.

Widerwillig ließ Jonas also einen weiteren orangen Schein die Börse wechseln und horchte aufmerksam, was ihm der Wirt zuraunte: "Ein gewisser Alfi Brillabeck mit 'ck' hat sich von Henry eine hohe Summe geliehen und musste sie mit horrenden Zinsen zurückzahlen. Möglich, dass er es ihm auch noch auf andere Art heimgezahlt hat."

"Klingt vielversprechend, danke und wiedersehen", verabschiedete er sich, noch unschlüssig dieser Spur auch wirklich nachzugehen.

Krankenbesuch oder die Warnung der Oma aus Meidling ohne L

Jonas guckte auf seine Armbanduhr, die ihm seine Oma zum Geburtstag geschenkt hatte. Nun hielt er es für mehr als angebracht, seine liebe, spendable, nun leider kranke Großmutter im AKH zu besuchen und nahm die bei Wienern sehr unbeliebte U6. Diese Linie wurde insgeheim auch Orient-Express genannt, denn ihre Passagiere verständigten sich in allen Sprachen des östlichen Universums. Doch er kam sehr schnell und unversehrt ins AKH, wo er in einem Shop im Erdgeschoß einen kleinen Blumenstrauß erstand. Das Riesenhaus - einst selbst ein finanzieller Krankheitsfall - stellte sich als Labyrinth heraus, denn trotz Nachfrage konnte er das entsprechende Zimmer nicht sofort finden.

"Meine liebste alte Dame", begrüßte er sie, als er endlich die richtige Türe öffnen konnte. Ihr gutmütiges Gesicht war dem eines Frettchens nicht unähnlich und beim Nähertreten roch er ihr Lavendelparfum.

"Das Wort 'alt' darf nur für Wein gebraucht werden!", rügte sie ihn. Mit ihrer ewiggleichen weißen Dauerwellenfrisur wirkte sie ein wenig wie die Queen. Eine Queen für Arme in Krankenhauskleidung im Bett.

"Hier hab ich dir ein paar Blumen aus dem Park geraubt, Oma!", scherzte er und stellte den Strauß gleich in eine schon halb mit billigen Blumen gefüllte Vase auf einem Ecktischchen.

"Weißt du, was der größte Raubzug der Geschichte war?", prüfte sie ihn.

"Der englische Postraub von Ronnie Biggs?"

"Nein, die Euro-Umstellung! Das haben sich die von der Elite fein ausgedacht", bemerkte sie, die scheinbar in ihrer Empörungsschleife gefangen war. Möglich auch, dass ihre Erkrankung und die damit verbundene Umgebung - ein Vier-Bett-Zimmer -, die eigentlich ihrer Gesundung dienen sollte, daran die Schuld trug. "Ach, diese blöden neumodischen Zeiten, ich komm da gar nimmer mit. Falls ich sterbe, kannst du mich ja als Hologramm wiederbeleben, so wie Buddy Holly, der als Hologramm auf Tour ging." Den Buchstaben L sprach sie ganz normal aus, obwohl sie zeitlebens in Meid-Ling (sic!) gelebt hatte, wo man das L gern manieristisch betonte.

"Aber Oma, du stirbst nicht so schnell", protestierte er gleich. "Du wirst mindestens 100, dann kommt uns der Herr Bürgermeister persönlich besuchen."

Eine der drei Zimmergenossinnen grinste sich eines, während die anderen beiden in ihre Zeitungslektüre vertieft schienen.

"Na, auf den bin ich nix neugierig!", winkte sie energisch ab. "Politiker sind alles eiskalte Machtmenschen, die nur ihren Sack anfüllen wollen!"

"Geh, du bist gefühllos wie ein Klingone", meinte er scherzhaft und setzte sich auf ihre Bettkante. "Wahrscheinlich hast du gar nicht gewählt."

"Oh doch, und zwar den Kurz!", verkündete sie stolz. "Vor allem, weil ihm seine Gegner weniger Mitgefühl aufgrund seiner Kinderlosigkeit unterstellt haben. So, als würden sich Männer wegen ihrer Kinder ändern. Einen Mann kann man net ändern, man kann ihm höchstens einige schlechte

Angewohnheiten abgewöhnen, z.B. dass er sich nimmer in die Vorhänge schnäuzt!"

"Was? Der Opa hat sich in deine Vorhänge geschnäuzt?" Leichte Fassungslosigkeit über solch eine Unsitte überkam ihn.

"Aber na! Seine fetten Pratzen hat er sich in die Küchenvorhäng' abgewischt, weil ich einmal die Servietten vergessen hab', der Dreckspatz!"

Nun mischte sich die grinsende Bettnachbarin von seiner Oma ins Gespräch ein: "Den Politikern sind doch sogar die eigenen Kinder egal, solange sie die nicht für den Wahlkampf brauchen, zum Heile-Familie-Spielen. Die würden die eigene Brut sogar fressen, wenn sie dadurch zu noch mehr Ruhm und Reichtum kämen. Die haben nur zwei hehre Ziele: Einen Platz im Geschichtsbuch und ein Nummernkonto in der Schweiz!"

"Ja, sehr richtig!", stimmte ihr die Oma freudig zu.

"Wie sagte schon Loriot", fiel Jonas ein: "Der beste Platz für einen Politiker ist das Wahlplakat. Dort ist er tragbar, geräuschlos und leicht zu entfernen!" Sein Handy läutete, doch er maß ihm keine Beachtung bei, weil er seine Oma nicht verletzen wollte.

"Dein Smartie-Phone ist für dich wohl die Spitze der Evolution, was Burli?"

"Nein Omi, das bist immer noch du!", konterte er schlagfertig. "Wenn ich statt Journalismus auf Arzt studiert hätte, könnte ich dich vielleicht viel schneller gesundmachen!"

"Jaja, wenn man an einer Weggabelung ankommt, dann nimmt man meist den Weg, der abwärts führt", meinte sie launig.

"Aber Omi, ich bin sehr gern Reporter und an einer irren Story dran!"

"Das hast du mir schon x-mal erzählt und es kam immer nur ein 08/15-Bericht raus, den sich keiner aus der Zeitung ausschneidet und an die Wand heftet", keifte sie mieselsüchtig.

"Also dann gehe ich jetzt und ah, bald ist Weihnachten, das feiern wir zusammen!"

"Das heißt, du hast keine Freundin!", erkannte sie und grinste.

"Doch-doch, aber-äh, die muss doch auch mit ihren Eltern feiern!"

"Geh lüg mich doch nicht an, ich bin vieles, aber nicht senil!"

Sollte er ihr erzählen, dass in seinem Inneren ganz zaghaft die Knospe der Liebe zu einer in Wien weltberühmten Schauspielerin keimte? Nein, schalt er sich, denn dann würde sie ihn über jedes Detail ausfragen, ihre teils hämischen Kommentare ablassen und auch sonst wie immer nur pessimistisch über die Entwicklung der neuen Liebe labern. "Omi, ich muss wirklich gehen, sei schön brav, dann bringt dir das Christkind eine Handtasche vom Louis Vuitton!", versprach er.

"NEIIIN! Eine Handtasche soll nie wertvoller sein als ihr Inhalt! Behalt dir dein Geld und lad' lieber eine Frau ein!"

Indigniert erhob er sich und küsste sie sanft auf die Wange. "Omi, wenn du nervst, dann bist du nimmer meine Lieblingsoma! Babatschi!"

"Ja, baba und pass gut auf dich auf, weil heut' ist wieder Vollmond!"

Uff, dachte er, die hat sich auch kein bisschen geändert, immer noch die keppelnde, nie zufriedene, liebenswürdige Omama! Erleichtert verließ er den riesigen Gesundungs-Gebäudekomplex, wie ein Kollege mal das AKH genannt hatte. Mittlerweile hungrig geworden, kaufte er sich am nächstgelegenen Würstlstandl einen Hotdog mit scharfem Senf & Ketchup, den er gierig in sich hineinstopfte. Unterwegs sah er eine Werbung in einem

Schaufenster 'Brillen von Fielmann', dabei fiel ihm wieder der Name Brillabeck ein, dem Schuldner des Mordopfers, den er ja aufzusuchen gedachte. Noch in Gedanken, wie er nun vorgehen sollte, den Gesuchten googeln, ganz altmodisch im Telefonbuch suchen oder sich seinen Kontakt mit Huber zunutze machen, um ihn zu finden, spazierte er unachtsam über den vielbefahrenen Währinger Gürtel.

QUIETSCH!!! Autoreifen gaben ein ohrenbetäubendes Geräusch einer Vollbremsung bekannt! Man sollte niemals ohne nach links und rechts zu gucken, ganz in seinen Gedanken versunken über eine Straße gehen! Schon gar nicht in der Bundeshauptstadt von Österreich. Jonas fand sich leicht irritiert auf der Motorhaube eines Volvos wieder, dessen Fahrer seinen Kopf aus dem Autofenster reckte, eine furchterregende Grimasse zog und im breitesten Wiener Dialekt zu schimpfen begann.

"Hearst, Scheanglata! Hast de Glurrn mit Dreck verpickt, oder was?

Bist scho schasaugert auf de gschissene Welt kumma oder habens dir erst im Kindergarten de Froschaugn einghaut? So a lahmluckerter Aff wia du ghört nach Schönbrunn, aber net in Straßenverkehr!"

Wenn der wüsste, dass ich den Führerschein habe, würde der mich glatt lynchen, dachte Jonas erschrocken. "Entschuldigen Sie, aber das kann doch mal passieren!"

"Naaa, sowas is MIR no nia passiert, weil i net so deppat bin wia du!"

"Sie sind sehr unfreundlich, mein Herr!"

"Wüst mi verorschen, du gselchtes Gammelfleisch? Kräul obe von meiner Karrosserie, du Gerippe, oder i hau di so um d'Erd, dass du gleich mit Blaulicht ins gschissene AKH eingliefert werden muaßt, wo dir de angstrudelten Ärzte den Rest geben! Dann liegst im Holzpyjama wo du hinghörst!"

"Sie könnten sich wenigstens erkundigen, ob mir was passiert ist!", beschwerte sich Jonas, als er von der Motorhaube, wo er gerade noch eine klägliche Kühlerfigur abgegeben hatte, heruntergeklettert war.

Der aufgeregte Berserker in dem Volvo stieg aus und drohte Jonas eine körperliche Züchtigung an: "Pass auf, Oida, wenn dir bis jetzt no nix passiert is, dann wirst dir jetz gleich dei eigenes Gebrüll anhurchn kenna, wenn i dir de Knochn einzeln brich!"

So schnell es seine müden Beine erlaubten, eilte Jonas im Sauseschritt davon, wobei er beinahe von den nicht weniger rüden, laut hupenden Verkehrskollegen des entrüsteten Grobians erwischt worden wäre.

Glücklich auf der anderen Seite des Gürtels angekommen, konnte Jonas noch feststellen, dass sein Unfallgegner wieder eingestiegen und mit seinem Volvo das Weite gesucht hatte. Des nächtens bei Vollmond würde er wohl gänzlich zum Werwolf mutieren, dessen war sich Jonas vollkommen sicher. Und die Oma hat mir noch gesagt, ich solle aufpassen, fiel ihm ein. Nun war ihm allerdings gründlich die Lust an einem weiteren Fußmarsch vergangen, ebenso wie die Lust an einer U-Bahn-Fahrt und er gönnte sich ein Taxi, um damit sicher die Redaktion zu erreichen, wo er in seinem PC den Gesuchten ausfindig machen wollte.

Dort angekommen erledigte er erst noch einige eMails, ehe er einen Alfons Brillabeck im Herold fand, der in der Reisnerstraße wohnte. Schnell speicherte er sich die gefundenen Daten in seinem Smartphone und wollte sich stante pede zu seiner Zielperson begeben, was allerdings sein Vorgesetzter zu verhindern wusste.

"Jericho, kommen Sie mal her!", forderte Riasek und lockte ihn zudem noch mit dem Finger an, so wie ein strenger Vater seinen aufmüpfigen Sprössling.

Schuldbewusst kam Jonas der Aufforderung nach. Nun standen sie einander Auge in Auge gegenüber wie zu einem Duell. Nahe genug um dem andern sein zuvor eingenommenes Mittagessen riechen zu lassen. Der Chefredakteur schien sich mittags irgendetwas mit viel Knoblauch einverleibt zu haben.

"Claire Cassini hat mich angerufen, um sich nach Ihnen zu erkundigen. Mir war klar, dass das nur an Ihrem obskuren Todespunkt liegen kann", eröffnete ihm Riasek.

"Sie hat sich doch nicht über mich beschwert, oder?" Ein unangenehmes Gefühl erfasste ihn, er fühlte Schamesröte auf seinen Wangen hochziehen.

"Das nicht, sie wollte nur wissen wie lange Sie schon bei uns tätig sind. Ich weiß zwar nicht, ob Ihnen diese Idee mit dem Punkt nur kam, um mit dieser Cassini in Kontakt zu kommen - warum auch immer -, oder ob Sie den Humbug von einem Todesomen wirklich glauben. Wahrscheinlich genießen Sie nur die reizvolle Spannung zwischen Paranoia

und   verzerrter
Wirklichkeitswahrnehmung."

"Ich denke, es gibt viel mehr zwischen Himmel und Erde, als sich unsre Schulweisheit so träumen lässt. Und darüber werde ich natürlich bei Gelegenheit einen spannenden Artikel verfassen."

"Ihr letzter Artikel war ziemlich kurz!" Der Chefredakteur schien wie so oft unter schlechter Laune zu leiden, oder ihm einfach das Interesse der prominenten Dame zu neiden.

"So kurz wie das Leben", gab Jonas keck zurück.

Mit einem halb zugekniffenem Auge meinte Riasek etwas herablassend: "Wissen Sie, was ich glaube? Sie geheimnissen da etwas in die ganze Sache hinein, um sowohl Ihr Berufs- als auch Privatleben spannender gestalten zu können. Sie suchen meines Erachtens zwanghaft nach existenziellen Wahrnehmungen, um sich Ihre Erlebnislosigkeit aufpeppen zu können."

"Ach, Sie denken, ich leide an Langeweile?"

"Vielleicht nicht direkt Langeweile, aber unser Job bringt wie jeder andere ein gewisses Maß an alltäglicher Routine mit sich, die jedem irgendwann mal zu stinken beginnt. Da muss ein neuer Duft her, das Parfum der Gefahr und die blumige Note der Liebe, nicht wahr?" Dabei bleckte er die Zähne zu einem gekünstelten Lächeln. "Mit Ihrer zusammengereimten Story von einem mysteriösen Todespunkt auf den Visagen von frisch Verstorbenen haben Sie es immerhin zur Bekanntschaft einer schönen Burgtheater-Schauspielerin gebracht."

"Höre ich da einen neidischen Unterton heraus?", erkundigte sich Jonas provokant, um es in der nächsten Sekunde gleich zu bereuen.

"Jetzt stellen Sie mal Ihre Lauscher auf Empfang", herrschte ihn Riasek in der Diktion einer halblustigen 70er-Filmkomödie an und kehrte sofort den übermächtigen Chefredakteur heraus. "Sie sind hier nur ein ganz kleines Rädchen im Getriebe einer Newsredaktion, nichts weiter, kein Sensationsreporter, der Sie so gern wären. Und was Ihre Bekanntschaft mit der Burg-Komödianten betrifft: die Gute wird Sie bald fallen lassen, wenn herauskommt, dass an Ihrer konstruierten Story nichts dran ist."

"Nana, nicht aufregen, Boss", versuchte Jonas ihn zu beruhigen. "Sie wissen doch: better to lose a friend than to miss a joke!"

"Der liebe Gott muss ja eine lustige Minute gehabt haben, als er SIE schuf, Jericho, denn ich bin gewiss vieles, doch nicht Ihr Freund!"

Im Wissen um die leichte Explosivität seines Vorgesetzten verkniff er es sich, dagegen Protest einzulegen. Wenn er mit ihm länger im Clinch lag, spürte er, wie seine Handflächen zu schwitzen begannen und sein Atem immer kürzer wurde. Viele, viele Nächte hatte er sich schon überlegt, wie er diesem lästigen Subjekt eins auswischen konnte, doch es lief immer auf dasselbe hinaus: den Verlust seines passabel bezahlten Jobs! Und da ja sein Gehirn - wie das der meisten Menschen - auf Überleben eingestellt war, würde er nichts tun, um den Gegner zu reizen.

"Ich warne Sie, Jericho", flüsterte Riasek. "Diese Schauspiel-Diva hat großes Anspruchsdenken, außerdem sind Leute mit solchen Berufen alles Narzissten, also verbrennen Sie sich nicht die Giftfinger oder gar noch etwas anderes!" Dabei drückte er verschwörerisch ein Auge zu.

"Sie erinnern mich an meinen alten Herrn", fiel Jonas in dem Moment ein, "weil der hatte auch immer etwas an meinen Freundinnen auszusetzen."

"Und ich wette, er behielt bei den meisten recht, denn Sie sind doch solo", ätzte sein Vorgesetzter mit einem sardonischen Grinsen.

"Ja, aber nicht mehr lange", war Jonas überzeugt und wandte sich schon halb von ihm ab. "Und Sie werde ich jetzt auch von meiner Anwesenheit befreien!" Nachdem das Gespräch für ihn so unbefriedigend verlief, flüchtete Jonas einfach aus der Redaktion.

Der Erfinder oder die Zähheit des normalen Lebens

Entgegen seines eigenen Vorsatzes griff Jonas doch wieder auf öffentliche Verkehrsmittel zurück, um in den dritten Bezirk zu Brillabecks Wohnhaus zu gelangen. Das Mietshaus machte einen gepflegten Eindruck, was auch daran liegen konnte, dass in der Reisnerstraße einige Botschaften beheimatet waren. Man konnte die Gegend hier als feines Diplomatenviertel bezeichnen. Das Glück schien dem Reporter wieder hold zu sein, denn eine eben aus dem Haus kommende Dame ließ ihn hinein und auf sein Klopfen an der Tür des Gesuchten, öffnete Brillabeck persönlich - ein zirka 65-jähriger Zausel in einem blauen

Arbeitsmantel, einer grauen Flanellhose und bequemen Filzpantoffeln.

"Guten Tag, Herr Brillabeck, ich komme in der Sache O'Mally!"

"Wie bitte? Schickt der Kerl mir noch aus dem Grab heraus einen Schuldeneintreiber? Für den erlassenen Tausender?"

"Nein, ich recherchiere die Hintergründe für sein plötzliches Ableben", drückte es Jonas sehr fein aus, sodass sich Brillabeck nicht dafür verdächtig fühlte, wobei er noch dachte, welch außergewöhnliche Leute er im Zuge seiner Recherche schon kennenlernen durfte. Jeder einzelne wäre schon eine Reportage für sich wert. "Also, was können Sie mir so erzählen?"

"Ich stehe unter der Diktatur der letzten Bank", klagte der ältere Herr, ließ ihn in seine ziemlich vollgeräumte Wohnung eintreten und wies ihm einen Platz im Wohnzimmer auf einem Stuhl zu, der den Eindruck erweckte, elektrisch zu sein.

"Was meinen Sie damit?" Vorsichtig setzte sich Jonas nur auf die Sitzkante, um jederzeit schnell von hier flüchten zu können. Ein Blick auf Brillabecks Füße verriet ihm, dass dieser wohl ebenfalls Größe 45 wie der Mörder haben musste.

"In der Schule saßen hinten die Dümmsten und heutzutage stehen sie an vorderster Front und befehligen die Klugen. Die Zeiten haben eine totale Werteumkehr gebracht, die früher niemand für möglich gehalten hätte."

"Hm-hm, und Sie zählen sich zu den Klugen?"

"Sicher, ich bin Erfinder, doch noch ohne Patent. Im Zuge meiner Forschungen sind jede Menge Kosten angefallen, doch eine Subvention - Fehlanzeige! Ich frage mich, wozu wir in der EU sind? Wahrscheinlich nur, damit sich die Bonzen bereichern!"

"Und was haben Sie erfunden?", forschte Jonas, ohne auf die politische

Unzufriedenheit seines Gegenübers einzugehen.

"Ich habe ein Medikament gegen Strahlung erfunden", behauptete er und lächelte so, als hätte er dafür bereits den Nobelpreis in der Tasche. "Und es schmeckt auch noch ausgezeichnet!"

"Aha, und wie wirkt das?", fragte er unbefangen.

"Ganz einfach, man nimmt es oral ein und kann dann unbesorgt in einer Stadt wie Prypjat nahe Tschernobyl leben. Mehr noch, der Sarkophag an dem AKW wird dann praktisch obsolet!"

"Wie schön Sie sich ausdrücken, nur interessieren mich da spontan die Nebenwirkungen!"

"Naja, eigentlich...", druckste er herum. "Es ist nämlich so, dass ich dafür noch keine freiwilligen Probanden gefunden habe."

"Daher blieb Ihnen nur der Selbstversuch!", setzte der Reporter fort. "Sie wissen zwar nun wie Ihr

Wundermittel schmeckt, aber ob es auch tatsächlich wirkt, das wissen Sie nicht."

"Naja,.. ich wollte ja nach Tschernobyl, aber mir kam immer wieder etwas dazwischen, die Behörden dort haben auch gar nicht auf meinen Brief geantwortet, den ich in einem Übersetzungsbüro noch in russischer Sprache anfertigen ließ. Nichts!", sagte er voll hörbarer Empörung. "Dabei sollte doch der Putin großes Interesse daran haben, dass das verseuchte brachliegende Land wieder flott besiedelt werden kann."

"Das sagen Sie so leicht..."

"Ist es nicht die wichtigste und nobelste Aufgabe des Staates dort einzuspringen, wo die Individuen versagen?"

"In welchem philosophischen Wälzer haben Sie denn das gelesen?"

"Oh, das war nur in einer Kolumne von einer Ihrer fähigen Journalistenkolleginnen."

Schön, dass Sie nicht vergaßen, dass ich Reporter bin und als solcher berichte ich über den Tod von Henry O'Mally", brachte Jonas das Gespräch wieder zum Knackpunkt.

"Oh Gott", wehrte Brillabeck mit einer theatralischen Geste ab. "Bleiben Sie mir bloß mit diesem Kredithai vom Leib!"

"Sie geben also zu, sich von ihm eine hohe Summe geliehen zu haben?"

"10.000 Euro!", gab Brillabeck zerknirscht zu. "Und einen Monat später forderte er von mir 20.000 zurück!"

"Puh, das ist allerdings happig."

"Das ist Wucher!", ereiferte sich der arme Alfons und begann sogar zu transpirieren. "Noch dazu hatte ich an dem Tag einen Arbeitsunfall."

"Oh, wie kam denn das?"

"Naja, ich bin ja als Genie ununterbrochen am Erfinden und muss alle meine Werke selbst testen. Daher begab ich mich auf den Dachboden und wollte mit meinem neuartigen Fallschirm abspringen."

"Na immerhin haben Sie das überlebt, wie ich sehe!"

"Das schon, aber beim Auftreffen auf ein Vordach im Innenhof habe ich mir den linken Knöchel verstaucht. Wie ich das diesem Wucherer mitgeteilt habe, meinte er, nun würde ich so hinken wie der Teufel und wollte immerhin noch 19.000 Euro von mir haben."

"Also fanden Sie doch sein Mitleid und er ließ einen Tausender nach!"

"Ja, dieser Bastard machte sich noch lustig darüber und meinte, für meinen alten Knöchel bekäme ich von keinem anderen Gläubiger einen Tausender weniger verrechnet. Drauf sagte ich, Tausender gibt es ja schon lang nicht mehr. Worauf er wieder mit seinem amerikanischen Akzent sagte, dich gibt's auch nimmer lang, wenn ich mein Geld nicht bald krieg'!"

"Hm", machte Jonas mitleidig. "Und was taten Sie dann?

"Das, was ich gleich hätte tun sollen: mein Grundstück im Waldviertel mit einer Hypothek belasten, damit ich diesen geldgeilen Ami loswerde."

"Tja, das ist hart", gab Jonas zu.

"Wissen Sie, was Nietzsche sagte, als er in einer Anstalt dahinvegetierte?"

"Scheiße?"

"Gott ist tot!"

"Und nun ist Nietzsche tot!", sagte Jonas beinahe triumphierend.

"Sie scheinen aber kein Optimist zu sein."

"Optimismus ist ein ziemlicher Kampf in so schwierigen Zeiten des Wandels."

"Stimmt! Wir steuern auf eine Katastrophe zu", unkte Brillabeck.

"Was ist eine Katastrophe? Für die einen der Kollaps unsres Systems, die

126

andern warten schon drauf, weil sie glauben, dass es nachher besser wird, bzw., dass sie diese Verbesserung noch erleben."

"Also der Klimawandel z.B. ist für Sie keine Katastrophe?"

"Den gibt es doch nicht, d.h. es gibt ihn wohl, aber erstens ist der Mensch nicht dran schuld und zweitens kann er eh nix gegen ihn tun, außer sich selbst abschaffen und das versucht er ja ständig."

"Sie haben einen schrägen Humor", stellte Brillabeck leicht amüsiert fest.

"Der ist mein Überlebensmittel!"

"Mein Überlebensmittel ist mein nimmermüder Erfindergeist."

"Schön, Sie hatten also keinen Grund, O'Mally ins Jenseits zu schicken. Wissen Sie WER einen hätte?"

"Wenn ich es wüsste, dann würde ich es IHNEN nicht sagen, sondern nur der Polizei. Und das auch nur, wenn eine hohe Belohnung ausgelobt worden ist", kündigte Brillabeck kryptisch an.

"Also wissen Sie es nun oder tun Sie nur so?", fragte Jonas ungeduldig.

"Ich weiß, dass ich nichts weiß, aber viele wissen nicht einmal das!"

"Diogenes!"

"Falsch, es war Sokrates! Möchten Sie einen Schluck trinken?" Ohne auf die Antwort seines Gastes zu warten, holte er eine Flasche Wein, die er ploppend öffnete und schenkte in ein auf dem Wohnzimmertisch stehendes Wasserglas ein.

"Nein, vielen Dank, ich fahre noch!", lehnte Jonas ab, obwohl er durchaus Durst verspürte, doch Wein sollte man nicht gegen Durst trinken.

Der Erfinder jedenfalls sprach dem guten Tropfen ausgiebig zu, denn er leerte das vollgeschenkte Wasserglas auf einen Zug und machte dann genüsslich: "AAAAHHH!"

"Prost!"

"Ein französischer Landwein, extraordinär!", lobte Brillabeck. "Das normale Leben ist derart zäh, man kann es eigentlich nur mit irgendeinem Genussmittel ertragen. Wir werden faktisch in die Zwickmühle genommen. Von oben drückt uns der steuergeldgeile Staat nach unten, von unten stößt uns gieriges Verbrechensgesindel vor sich her. Beide wollen uns in Angst versetzen, um uns leichter ausnehmen und zu ihren Gunsten lenken zu können. Darum geht der Staat auch nur so halbherzig gegen Verbrecher vor, weil es im Grunde seinesgleichen sind! Verstehen Sie?"

Ohne auf diese philosophische Betrachtung einzugehen, bot Jonas nun an: "Ich habe ein Spesenkonto, daher kann ich Ihnen für eine Auskunft, die zielführend für mich ist, sehr wohl etwas löhnen!"

Brillabeck schien unbeeindruckt von dem Angebot zu bleiben. Mit vom Wein gelockerter Zunge säuselte er:

"Frag' nie den Frisör, ob du einen Haarschnitt brauchst."

"Was meinen Sie nun damit wieder?", rätselte Jonas.

"Sie sollten nicht zu Leuten gehen, die Ihnen nur gegen Geld Ihre neugierigen Fragen beantworten."

"Darf ich daraus entnehmen, dass Sie ohnehin nichts wissen?"

"Tja, das sagte ich Ihnen doch schon! Sie müssen zuhören, wenn ich mit Ihnen spreche!"

Langsam erhob sich Jonas und fühlte sich ziemlich müde, gähnte herzhaft.

"Der Stuhl ist übrigens auch eine Erfindung von mir", verriet ihm Alfons glucksend. "Er schenkt dem Benutzer mehr Energie und wirkt geistig anregend."

"Mission failed!", stellte Jonas kurz und prägnant fest und verließ enttäuscht die Wohnung des selbsternannten Genies. Allerdings verwunderte es ihn, dass der Erfinder kein Märchen erfand, welches er ihm gegen Spesen auftischte...

Apropos auftischen, dachte Jonas, Zeit für einen schnellen Imbiss. Also kehrte er wieder in dem ihm schon bekannten Wirtshaus ein, wo er hoffte, seinen Freund von der Polizei wiederzutreffen. Und tatsächlich - manchmal fügte sich alles wie gewünscht - Huber saß bei Tisch und schaufelte eben eine Geflügelsuppe in sich hinein.

"Sagten Sie nicht, sie werden den Täter schnell kriegen?", erinnerte sich Jonas.

"Ich habe mich geirrt!"

"Sagte der Igel und stieg von der Bürste!"

"Lassen Sie die dummen Witze! Der Fall ist gehörig ins Stocken geraten", gestand ihm Huber widerwillig. "Wir müssen herausfinden, was aus der Wohnung gestohlen worden ist. Darin liegt der Schlüssel zur Lösung des ganzen Falles!"

Jonas fragte sich, wen er mit WIR meinte, denn er als Journalist hatte inzwischen noch ganz andere Sorgen - nämlich der Dame seines Herzens beizustehen... Dennoch meinte er Huber weiterhelfen zu müssen und erinnerte sich: "Der Tote trug doch ein schönes weißes Hemd, was, wenn er es für ein Date anzog?"

"Sie meinen cherchez la femme?"

"Exakt! Oder noch exakter: cherchez la femme letale!"

"Das hilft mir leider auch nicht viel weiter."

"In Krimis ist immer der Unverdächtigste der Täter, hmm, das wären in meinem Fall die Kinder, die mich in den Park gelockt haben", fiel Jonas ein. "Merkwürdig... warum wollten sie frühmorgens so kurz vor Schulbeginn in den Park?"

"Vielleicht besuchen sie eine dieser sündteuren Privatschulen, die ihre heiligen Pforten erst um 10 Uhr öffnen", spekulierte Huber.

"Ach, in Privatschulen fängt der Unterricht erst später an?"

"Für viel Geld kann man sich einiges aussuchen, auch, dass man morgens länger schlafen kann, wenn man die Ableger nicht der Bedienerin zum Schultransport anvertrauen will. Manche erleichtern sich ihr zähes Leben mit ihrem Geld."

Die Informantin oder der uneheliche Sohn Gottes

Einer Eingebung folgend beschloss Jonas anderntags, die Nachbarn des Ermordeten auszufragen. Auf Tür 12 öffnete leider keiner, doch die Nachbarin auf Tür 14, auf welcher das Türschild DREISEITL prangte, öffnete ihm und guckte durch einen Spalt. Eine alte Dame in einem geblümten Schlafrock, der irgendwann in den 70ern mal modern gewesen war. Schon im weit vorgerückten Alter doch mit blitzenden neugierigen Augen guckte sie ihn durch die Sperrkette hindurch an.

"Guten Tag, gnädige Frau, ich bin Journalist", begann er gedichtartig herunterzuleiern, wobei er ihr stolz seinen Presseausweis präsentierte, "und würde mich gern über ihren ermordeten Nachbarn mit Ihnen unterhalten.

"Jo, ich les' jeden Tag die Krone, da ist schon vom Mord am Kinderspielplatz dringestanden", freute sie sich.

Natürlich ließ Jonas sie in dem Glauben, bei Österreichs populärster Zeitung im Sold zu stehen und nickte ihr lächelnd zu.

"Kommen Sie nur rein, ich bin grad beim Frühstück oder eher beim Spätstück", scherzte sie, scheinbar innerlich noch jung geblieben und ließ ihn, nachdem sie die Kette entfernt hatte, eintreten. "Mich wundert, dass die Polizei nicht bei mir war, wo die doch schon amtlich die Tür geöffnet haben. Mir kann keiner ein X für ein O vormachen!"

"Offenbar doch, denn diese Türöffnung war keine amtliche!", belehrte sie Jonas. "Irgendwelche Gauner haben sich mit einer falschen Uniform durch einen echten Schlosser Zutritt verschafft, um wer weiß was aus der Wohnung zu holen."

Drinnen war es picobello aufgeräumt, nur am Küchentisch stapelten sich Zeitungen, einige Teller und eine Menge Essbares, wie z.B. Palatschinken aus der Plastikpackung und kleine Marmeladetöpfchen.

"OH", machte sie und zeigte ein überraschtes Gesicht. "Dabei zog der Streifenpolizist eine Visage, als ob er dachte: bäh, hier muss ich meine Zeit verschwenden, wo ich doch so viel Wichtigeres zu erledigen hätte."

"Das haben Sie durch den Spion beobachtet?"

"Jaja..." Sie überlegte. "Das wäre aber genial, wenn das Schule macht und die Einbrecher mit verkleideten Bullen vorgehen, sodass keiner Verdacht schöpft und die echte Polizei holt. Das verdient glatt den unnoblen Preis für das beste Verbrechen im Sektor Einbruchdiebstahl!" Nun sah sie fast verklärt drein, dachte sie doch, sie hätte die Idee des Jahrhunderts zur Patentierung bereit.

"Ja, Ihr Nachbar war ein Drogendealer und lebte daher natürlich unauffällig, um keinen Ärger mit der Polizei zu bekommen", erklärte Jonas und nahm nach einem Handzeichen der Dame am Küchentisch Platz.

"Der war alles andere als unauffällig, vor allem durch die laute Musik, was der immer gespielt hat, aber vor 22 Uhr kann man sich ja nicht einmal beschweren", jammerte sie, ließ sich ächzend auf ihren klapprigen Küchenstuhl fallen und zeigte mit dem Finger auf die Trennwand. "The illitschätim Son of Godot oder wie des eine Lied geheißen hat, des hat er immer rauf und runter gespielt."

"Ah, Sie meinen 'Stray Bullet' von KMFDM, in einer Textzeile behauptet der Sänger, der illegitime Sohn von Gott zu sein", erklärte ihr Jonas.

"Wollen Sie auch an Kaffee?", fragte sie freundlich.

"Nein, vielen Dank. Ich hätte gern gewusst, ob Sie irgendetwas bemerkt haben, außer Musik."

"Der uneheliche Gottessohn, tsiss, was denen so einfallt!", brummte sie.

"Hatte er Besuch?"

"Wer? Ah, Sie meinen den, der abgemurkst worden ist? Naja, freilich. So komische Weiber waren manchmal da, nur für eine Nacht. Und eine, die eigentlich nicht zu ihm gepasst hat, weil die viel zu fein angezogen war."

"Könnten Sie sie mir beschreiben?"

"Dunkles Kostüm, Stiefeletten, Riesentasche. Ungefähr so alt wie Sie sind. Ihre blonde Schnittlauchfrisur ließ jedenfalls darauf schließen, dass sie sich mit Wasserstoffsuperoxyd die Kopfhaut schon totgefärbt hatte."

"Sie sind eine profunde Beobachterin", lobte sie Jonas, er hatte da eine Idee, wer das sein konnte und scrollte auf seinem Smartphon zu einem Foto, das ihn mit seiner Kollegin Romschmitt auf dem Presseball zeigte, wo sie einander per Zufall getroffen hatten. "War es diese Frau hier?"

Die Nachbarin guckte und lächelte dann selig: "Jaaa, des war sie, eine hübsche Frau, bis auf ihre dünnen Haar, die andern, die der g'schleppt hat, waren ja richtige Rußtauben."

"Hm, und äh-haben Sie vielleicht hören können, worüber die beiden sprachen? Nicht, dass ich Sie des Aushorchens verdächtige, aber die Wände sind ja sehr dünn", präzisierte Jonas, um nur ja keinen Verdacht aufkommen zu lassen, sie wäre eine der Nachbarinnen, die nichts Besseres zu tun hätten, als mit einem Glas an der Wand den Gesprächen der Leute in den Nebenwohnungen zu lauschen.

"Jaja, die zwei haben sich eingehend und lang über einen Anteil unterhalten, der ihr zusteht", gab sie freimütig bekannt, während sie sich eine der Palatschinken aus der Plastikverpackung holte und mit Marillenmarmelade bestrich.

"Interessant", freute sich Jonas.

"Darf man überhaupt noch Plastik verwenden? Jetzt werden ja alle unsere nützlichen Erfindungen wie Plastik und Autos wieder rückgängig gemacht", beschwerte sich Frau Dreiseitl. "Wo wird uns das noch hinführen, außer zu den schweren Glasflaschen und einer Elektro-Rollerinvasion! Diese E-Roller sind ja noch gefährlicher als die Autos, weil mit denen fahren die Narrischen auf dem Gehweg wie Pfitschipfeile!"

Ihrer Litanei lauschte er gar nicht mehr, zu sehr war er in seine Überlegungen vertieft. Wenn sie ihn erpresst hatte, konnte sie ihn dann getötet haben, weil er nicht zahlen wollte, fragte sich Jonas, verwarf den Gedanken jedoch sofort wieder. Nein, das konnte er ihr wirklich nicht zutrauen, aber, dass sie den Mörder erpresst hatte, das schon eher... Soweit er wusste fuhr sie auch ein teures Auto, war immer exklusiv angezogen - das kostete mehr als sie verdienen konnte.

"Übrigens hat sich der immer was von Amazon liefern lassen. Ich bestell' nie bei denen, weil die Arbeitsbedingungen für die Angestellten so schlecht sind. Stellen Sie sich vor, die müssen mit Windeln arbeiten, damit sie nicht während der Arbeitszeit aufs Klo rennen müssen!" Die Abscheu über derart unhaltbare Zustände schien der resoluten Frau regelrecht ins Gesicht geschrieben zu sein. "Aber heutzutage darf man sich ja nicht einmal mehr beschweren, sonst ist man gleich ein Neonazi oder eine Aufständische! Und die üblichen Worte muss man auch genau wählen, statt Zuagraste sagt man jetzt Migranten und statt Häfenbrüder Zivilisationsisolierte-"

"Wie? Ach ja, äh-ich hätte gern den genauen Wortlaut der beiden gewusst, falls Sie ihn noch aus Ihrem Gedächtnis abrufen können", unterbrach sie Jonas.

"Na sicher, er hat gejammert 39 Grad Fieber zu haben und sie hat gemeint, super, dann bekomm' ich für jedes Grad Fieber Tausend Euro!"

"Tatsächlich?"

"Können diese Ohren falsch hören?" Kokett zeigte sie ihm eins ihrer Ohren, an dem ein goldener Ohrring baumelte. "Ich brauch noch kein Hörgerät und wenn, dann täte ich das sicher nicht bei Amazon bestellen. Und die EU, diese Europäische Untergangsorganisation, bringt nicht zustande, dass ein österreichischer Automat eine deutsche Flasche annimmt. Vorige Woch' finde ich zwei bayerische Bierflaschen im Mistkübel, bring sie zum

Spar, wo mir der Automat schreibt: Flasche nicht erkannt, entsorgen Sie das Gebinde anderweitig. So eine Frechheit!"

"Jaja, Sie haben ganz recht, entschuldigen Sie mich bitte, ich muss dringend telefonieren. Vielen Dank für Ihre Aufmerksamkeit. Auf Wiedersehen!", verabschiedete er sich und eilte die Stufen zu seinem Wagen hinunter, sein Smartphone schon am Ohr.

Sofort ließ sich Jonas mit dem Kommissar verbinden, der von seinem Anruf eher wenig begeistert schien und rüde fragte, was er denn schon wieder von ihm wolle.

"Sie haben die Nachbarn des Mordopfers noch gar nicht befragt", erklärte ihm Jonas so wenig vorwurfsvoll wie möglich, traf aber dennoch scheinbar einen wunden Punkt.

"Na und? Schließlich ist dieser O'Mally ja nicht in seiner Wohnung getötet worden. Wofür halten Sie sich eigentlich, Jericho? Für Gottes unehelichen Sohn, der die Welt noch einmal retten muss?"

"Nein!", beeilte er sich festzustellen und überlegte kurz, wo er das schon mal gehört hatte - ach ja, es fiel ihm gleich wieder ein. "Ich will doch nur bei der Aufklärung helfen, nachdem ich den Toten im Park gefunden habe. Um dann nachher in einem ausführlichen Artikel exakt darüber berichten zu können, verstehen Sie?"

"Naja...", brummelte Huber, der sich eingestehen musste, etwas überreagiert zu haben. "Haben Sie denn was rausbekommen?"

"Oh ja, von der Nachbarin Frau Dreiseitl, die durch die dünne Wand vernommen hatte, dass meine verehrte Kollegin Romschmitt von der Konkurrenzzeitung den Toten erpresste", verkündete er stolz.

"Und womit? Dass der Tote zu Lebzeiten ein Dealer war, ist ein offenes Geheimnis gewesen. Hat sie gar die

Namen seiner Hintermänner vernommen?", forschte Huber.

"Das konnte die Ohrenzeugin leider nicht hören, sonst wäre sie sicher direkt zu Ihnen gekommen, oder spätestens, nachdem eine Belohnung ausgelobt worden ist. Wissen Sie, was ich komisch fand?"

"Nein, raus damit, ohne Umwege!" Huber schien schon sehr ungeduldig.

"Frau Romschmitt wusste, dass dieser tote Schotte wesentlich älter war, obwohl er ihr das doch sicher nicht in seinem Interview über sich erzählt hatte und ihr Artikel enthielt auch nicht den geringsten Hinweis darauf. Es kann doch sein, dass sie noch viel mehr als das über ihn wusste."

"Durchaus möglich", Hubers Spürnase erschnüffelte nun die neue Spur.

"Wann werden Sie dem nachgehen?"

"Mein Wagen ist in Reparatur", schnarrte Huber verärgert. "Ich habe gerade einen neuen beantragt. Kommen Sie ins Sicherheitsbüro und holen mich ab.

Toll, dachte sich Jonas, jetzt darf ich sein Taxi spielen und hautnah am Geschehen mitnaschen. Mit seinem Audi kam er allerdings auch nicht schneller in der Stadt voran als Huber mit seinem abgetakelten Dienstwagen. Außer dieser würde das Blaulicht einsetzen. Jedenfalls erreichte er das Sicherheitsbüro, vor dem Huber schon auf ihn wartete und ohne Begrüßung einstieg. Ein Traum, freute sich Jonas, jetzt fehlt nur mehr eine wilde Verfolgungsjagd kreuz und quer durch Wien wie im Actionfilm.

Schnell fuhr er los und reihte sich in den zügig dahinfließenden Verkehrsstrom ein. "Und? Haben Sie den Gerichtsmediziner gefragt, ob sich O'Mally in seinem Pass jünger gemacht hat, als es seine Physis ist, Herr Kommissar?"

"Nein, Herr Journalist, Sie scheinen zu vergessen, dass ich auch noch andre Fälle bearbeiten muss. Wissen Sie, ich habe derart viel Papierkrieg zu erledigen. Die meisten Leute glauben, Polizisten schießen mehr als sie tippen. FALSCH!"

"Ich nicht! Ich finde amerikanischen Cops sitzt die Waffe viel lockerer als unseren Bull-äh Polizisten. Vielleicht nimmt denen die Schreibarbeit auch eine Sekretärin ab."

"Das kann ich Ihnen nicht sagen, jedenfalls muss ich oft meine eigene Sekretärin spielen. Das ewige Berichte verfassen ist eine Seuche!" Dabei klang er echt krank. "Alles was dem Pathologen auffiel war, dass unser Opfer an einer verschleppten Angina litt."

Aha, dachte Jonas, das würde zu den 39 Grad Fieber passen.

"In der Wohnung fanden wir kein Gramm Koks oder sonstige Drogen. Die Einbrecher müssen es mitgenommen haben", kombinierte Huber.

"Ich denke eher, dass er alles zu Geld gemacht hat, um sich in seine Heimat abzusetzen."

"Wie kommen Sie darauf?"

"Reine Intuition!"

"Darauf kann ich mich als Kriminalbeamter leider nicht verlassen, ich benötige immer handfeste stichhaltige Beweise."

Stichhaltig ist passend, dachte Jonas, für einen Mann, der erstochen wurde. "Und haben Sie auch das Auto des Toten durchsucht?"

"Na logisch, oder halten Sie mich für einen Anfänger oder gar einen Quereinsteiger, der nur kurz von Straßenkehrer auf Kripo umgesattelt hat?", erregte sich Huber. "In seinem roten BMW fanden wir nur schimmlige Essensreste und Verpackungen von Junkfood, volle Aschenbecher und sonst nichts, keine Fingerabdrücke außer den seinen."

"Das wundert mich, denn das zeugt entweder von penibler Sauberkeit, wogegen die Essensreste sprechen, oder von seiner Aversion gegen Mitfahrer und - Innen."

"Wohin fahren Sie mich, Jericho?"

"In die Kurier-Redaktion. Wenn SIE Frau Romschmitt auf ihre Erpressung direkt ansprechen, knickt sie eventuell ein."

"Ach, diese Journalisten sind abgebrüht", stellte Huber verächtlich fest und warf Jonas einen kurzen Seitenblick zu. "Ist Jericho eigentlich Ihr Künstlername?"

"Nein, ich heiße wirklich so. Als Künstlername hätte ich einen anderen gewählt. Schock zum Beispiel! Jonas Schock, das klingt doch sehr cool."

"Ja, für einen Opernsänger!"

"Und Sie? Überlegten Sie nicht eine Namensänderung, um Ihren - verzeihen Sie - banalen Namen umzuändern? In einen bedeutender klingenden wie z.B. Brunetti?"

"Lieber unterziehe ich mich einer Darmspiegelung ohne örtliche Betäubung, als dass ich mich so nennen lasse wie ein schmalziger Fernsehbulle!"

In der Kurier-Redaktion machte man große Augen, als die Polizei in Person Hubers nach Frau Regina Romschmitt fragte, denn die sonst so diensteifrige Journalistin war nicht an ihrem Arbeitsplatz erschienen. Verwaist zeigte sich ihr Schreibtisch und der Computer ausgeschaltet. Eine Topfpflanze, die neben einem Bilderrahmen mit einer Katze stand, schien schon länger nicht gegossen worden zu sein, denn sie ähnelte einer verdörrten Brennessel.

"Moment, ich versuche sie daheim zu erreichen", versprach ihr Chefredakteur und hantierte schon nervös mit seinem Handy.

Das nutzte Jonas um Huber zuzuflüstern: "Ich wage es ja nicht auszusprechen, aber wenn meine Kollegin die Mörderin war, weil sie kein Geld von ihm bekommen hat?"

"Frau Romschmitt?" Huber schien irritiert. "Aber ich bitte Sie, diese Frau ist doch sakrosankt und hatte sicher eine kleinere Schuhnummer."

"Aber sie hat ihn erpresst und wusste daher über ihn Bescheid! Sie war zumindest Mitwisserin und-"

"Damit ist sie in Gefahr", unterbrach ihn Huber. "Wissen Sie, wo sie wohnt?"

"Nein, aber der Chefredakteur müsste es wissen und IHNEN natürlich bekanntgeben."

"Tut mir leid, sie hebt nicht ab", sagte dieser noch, ehe ihn Huber nach der Wohnadresse fragte und sie natürlich unverzüglich bekam.

Wieder in Jonas Audi stiftete ihn Huber aufgekratzt und sichtlich in Jagdlaune zur Geschwindigkeitsübertretung an: "Los,

los, geben Sie Gas! Alles, was Ihre alte Mühle hergibt. Sie bekommen kein Strafmandat, solange ICH neben Ihnen sitze!"

"Das sollten Sie öfters tun, dann bliebe mir am Ende des Monats mehr Geld über", gestand ihm Jonas und drückte - wie es so schön hieß - auf die Tube.

In Rekordzeit erreichten sie die angegebene Wohnadresse, einen hübschen Bungalow in Penzing. Hinter der Tür miaute kläglich eine Katze.

"Schlechtes Zeichen, wenn das Haustier schon um Hilfe schreit", bemerkte Jonas.

In einem Anflug von Tierliebe trat Huber mit aller Kraft gegen die Wohnungstür, doch die zeigte sich gegen solche Einbruchsversuche - selbst von staatlicher Gewalt ausgeführt - resistent.

"Schade, scheint versperrt zu sein."

"Benutzen Sie wieder Ihren Dietrich", schlug Jonas vor.

"Bei einer einbruchssicheren abgesperrten Tür muss ich leider passen und die Kollegen rufen!"

Gesagt, getan. Die beiden uniformierten Kollegen, die umgehend mit einer Ramme erschienen, hatten keine Probleme die widerspenstige Haustür schnell aufzubekommen. Von dem Stubentiger fehlte jede Spur, der hatte sich natürlich aufgrund des Lärms in Sicherheit gebracht.

Ein enger Vorraum führte in das Wohnzimmer des kleinen Hauses und darin sah es schrecklich aus: Regina Romschmitt lag nur mit einem rosa Nachthemd bekleidet inmitten des Raumes, der mit den sichtlich durchwühlten Möbeln einen klassischen Tatschauplatz darbot. Ihr Kopf lag in einer Blutlache, drumherum verstreute weiße Federn von einem zerschossenen Polster. Die Blutspritzer hatten sich quer über ihre cognacfarbene Couch ergossen und bildeten ein abstraktes Striche-Kunstwerk, welches einem Schüttbild an der Wand Konkurrenz machte. Im offenen Kamin gloste ein Häufchen Asche wie in kleiner Vulkan. Die erwärmte, vom Blutgeruch geschwängerte Raumluft verstärkte noch den grausigen Eindruck.

"Kopfschuss mit einem Zierkissen als Schalldämpfer, fast wie in einem zweitklassigen B-Movie aus der Hollywood-Werkstatt", stellte Huber fest. "Der Eintrittswunde auf der Stirn entnehme ich ein mittleres Kaliber, vermutlich 7.65, wird meist unterschätzt."

"Aber es hat genügt, um ein Leben einfach auszulöschen", erkannte Jonas, der ziemlich betroffen dastand. Anders als Huber, der in seiner beruflichen Laufbahn wohl schon etliche Leichenfunde aller Todesarten gemacht haben musste. "Was muss das nur für ein Mensch gewesen sein, der zu so etwas fähig ist."

"Oh, das Böse ist oft ganz banal! Es teilt unser Bett und sitzt mit uns gemütlich am Tisch!", zitierte Huber einen Spruch, den Jonas schon einmal gelesen hatte, und telefonierte unaufgeregt nach den Leuten von der Spurensicherung.

"Hätte sie einen Hund anstatt einer Katze gehabt, würde sie noch leben", meinte Jonas.

"Nein, dann wäre höchstwahrscheinlich der arme Hund auch tot!"

"Wenn es ein Kampfhund gewesen wäre-"

"Wenn meine Oma Räder hätte, dann wäre sie ein Autobus", giftete ihn Huber an. "Hören Sie auf mit den Was-wäre-wenn-Szenarien! Die sind so sinnlos wie die Sehnsucht nach einer besseren Welt!"

"Frau Romschmitt muss sehr gut verdient haben", fiel Jonas bei Ansicht der exklusiven Einrichtung samt des teuren Nitsch-Gemäldes an der Wand auf. "Entweder hat sie beim Kurier so viel lukriert oder schon öfters jemanden erpresst."

"Diesmal jedenfalls den Falschen!", zischte Huber und deutete Jonas mit einer saloppen Geste an den Tatort zu verlassen.

Der Hardcore-Esoteriker oder die Entleerung des Unterbewusstseins

Auf seiner ziellosen Fahrt durch Wien erreichte Jonas ein Anruf von Claire, die ihn bat bei ihr in einer Stunde vorbeizukommen. Daher fuhr er noch heim, um sich frischzumachen für sein bevorstehendes ersehntes Rendezvous.

Claire Cassini gleich wiederzusehen fühlte sich für ihn so ähnlich an, als wäre er bei den Royals zum Tee eingeladen. Zuerst überlegte er sich, was er denn anziehen sollte, entschied sich dann wie so oft für ein schwarzes Outfit, bestehend aus Hemd, Hose und Gürtel, diesmal mit einer gelben Krawatte. Dann legte er noch das

Rasierwasser eines Edeldesigners auf, das ihm seine Großmutter zu Weihnachten geschenkt hatte. Es roch unverwechselbar und dennoch nicht aufdringlich. Kritisch prüfte er im Spiegel seine Figur, die in ein schwarzes Outfit gehüllt gleich schlanker erschien, und dachte, er hätte doch ein Abo im Fitness-Center lösen sollen, aber zu spät. Dann rein in die U-Bahn, denn das ersparte die wertvolle Zeit des Parkplatzsuchens, die er lieber länger mit ihr verbringen wollte.

Wenig später überschritt er wieder IHRE Schwelle, über die er sie so gerne in einem Traum aus Weiß getragen hätte. Heute empfing sie ihn in einem beigen Kostüm mit einer blauen Rüschenbluse - sie sah einfach umwerfend aus.

"Stellen Sie sich vor, der Anruf, der mit 'übermorgen ist Ultimo' hat sich aufgeklärt", flötete sie frohgemut. "Es handelte sich um einen Schauspielschüler, dem ich auf Facebook zu einem Sprechtraining geraten und 300 Euro dafür geliehen hatte."

"Ach sooo", lachte Jonas. "Und da hat er Sie angerufen und gemeint, er zahlt Ihnen die Summe übermorgen zurück."

"So ist es. Danach hat er auflegen müssen, weil er im Auto am Steuer saß!"

"Schön für Sie, ich allerdings muss mich ranhalten und der Polizei in einem Mordfall helfen. Wir waren bereits in der Wohnung des Opfers, wo es aussieht, als wäre 1999 die Zeit stehengeblieben."

"Das ist ja sehr vielsagend."

Kurz überlegte er, ob er ihr den Tod von Regina Romschmitt mitteilen sollte, entschied sich jedoch dagegen, da er sie nicht in Unruhe versetzen wollte, jetzt, wo sie so schön locker und zugänglich zu sein schien.

"Wer etwas über einen Toten herausfinden will hat zwei Möglichkeiten: entweder er befragt andere Personen oder er hackt sich in seine Aufzeichnungen am Computer, respektive liest sie in Tagebuchform, so er eines geführt hat", explizierte er stattdessen stolz.

"Das finde ich ja toll, dass Sie Ihre eigenen Nachforschungen anstellen", sagte Claire mit einer hochgezogenen Augenbraue, die wohl Bewunderung ausdrücken sollte. "Aber Sie haben eine Möglichkeit der Nachforschung vergessen!"

"Ach? Und die wäre?"

"Ein Medium zu befragen! Durch ein solches kann man mit dem Toten persönlich sprechen!", verlautbarte sie so, als stünde sie auf der Theaterbühne. "Also kommen Sie mit, wir besuchen einen alten Freund von mir!"

Voll Vorfreude auf eine Autofahrt mit ihr, der Dame seines Herzens, öffnete er ihr die Tür ihres Skodas, eines schmucken kleinen Stadtautos. Auf der Fahrt redete sie kaum, machte nur hin und wieder, wenn sie an einem (Keller-)Theater vorbeikamen, kurz eine

Meldung, dass sie hier schon gespielt hätte. Und er beeilte sich sie zu bestätigen, indem er flunkerte 'ja, jetzt fällt es mir wieder ein', wobei er ein verträumtes Gesicht machte.

"Echt?", hakte sie einmal leicht ungläubig nach.

"Das ist mir natürlich nicht entgangen", log er und wollte noch weitersprechen, doch hinderte ihn seine Schüchternheit ihr gegenüber und sein mangelndes Theaterwissen an weiteren wörtlichen Ausschweifungen.

"Wir dürfen aber nicht gleich mit der Tür ins Haus fallen, denn mein Freund ist ziemlich sparsam mit seiner Gabe!"

"Aha!"

"Jaja, er hat mir sogar gestanden, dass viele seiner Anhänger öfters zu ihm kommen, weil sie dann hoffen, er richte ihnen etwas Positiveres von ihren toten Verwandten aus."

"Da staune ich aber", stammelte Jonas, der sich eben vorstellte, wie ein Klient des Mediums immer wieder käme, damit dieser den Toten über dessen vielleicht verschwundenen Nachlass ausquetschen könnte.

Der besagte Freund namens Wally lebte in einer Großfeldsiedlung am Stadtrand, die eine Bausünde der 70er-Jahre darstellte. Schon bei deren Anblick konnte man den üblen Gestank im Stiegenhaus und allergenen Hausstaub am Geländer wahrnehmen. Keinen viel besseren Eindruck machte die ziemlich versiffte Zwei-Zimmer-Wohnung, zu der ihnen der voluminöse Wally Einlass gewährte. Er sah aus wie man sich einen Esoteriker so vorstellt: dunkel gekleidet, verlorener Blick und ein seliges Lächeln auf den Lippen. Kaum hatten sie sich in seiner - nun ja - etwas gewöhnungsbedürftigen Unterkunft eingefunden, hörten sie von oben ein Poltern, worauf beide erschraken.

Wally deutete nach oben, während er breit grinste: "Das ist nur mein Nachbar, kein Poltergeist. Und nein, er beherbergt keine Rhinozerosse. Die Zwischendecken sind leider aus Spannbeton anstatt solider Betonverbunddecken mit Trittschalldämmung."

"Ach, darum", meinte Jonas mit Blick nach oben und sah dann wieder zu Wally, der ihnen an einem mit Bierdosen und Tarot-Karten übersäten ovalen Tisch auf zwei wackligen Thonet-Stühlen, in denen offenbar auch schon der Holzwurm Quartier genommen hatte, Platz anbot.

Mit kurzen Worten erklärte Claire diesem beleibten Herrn namens Walter Wallnöfel, dass sie in Begleitung eines Reporters sei, wobei sie auf Jonas zeigte, und dieser nun im Umfeld eines Ermordeten nach Hinweisen auf den Mörder schnüffeln wollte.

"Ach, Sie machen das ganz falsch!", eröffnete ihm Wally freimütig.

"Was schlagen Sie denn vor?", stellte sich Jonas dumm.

"Ich habe da meine eigene Methode, denn meine gesamte Familie bestand aus medial begabten Menschen. Ich bin quasi ein Multi-Medium", verriet Wally nicht ohne Stolz.

"Was heißt quasi?", wollte Jonas wissen.

"Dass ich es nicht hauptberuflich nutze. Hören Sie mal gut zu!", forderte er ihn nun schroff auf und zeigte auf das Kalenderblatt hinter sich an der Wand. "Heute ist der 3. des Monats und laut den Ephemeriden - das ist ein Sternkalender, in welchem man die täglichen Positionen der Planeten ablesen kann - läuft Mars retour. D.h., dass es zu ungeahnten Todesfällen kommen kann. Zudem ist heute ein Tag, den ich schon oft im Ausland verbracht habe. Also konnte ich mir leicht zusammenreimen, dass heute drei Ausländer hier in meiner Heimatstadt sterben werden. Und siehe da..."

Nun machte er eine Kunstpause, stand langsam von seinem Sessel auf, welcher erleichtert knackste, und ging zur Stellage, auf der eine Zeitung lag, die er umständlich raschelnd entfaltete.

"Das ist die Abendausgabe. Wenn Sie einen Blick reinwerfen wollen, können Sie feststellen: es sind drei Ausländer gestorben. Und zwar ein japanischer Künstler, der hier Urlaub machte, eine finnische Langläuferin, die der Liebe wegen hier wohnte, und ein amerikanischer Schauspieler, der vom English Theater als Gast geladen war. Übrigens keiner, den ich kannte."

"Bemerkenswert!", sagte Jonas tonlos.

Claire stand stumm daneben, vielleicht wollte sie auch nur ihre schöne Stimme für den nächsten Bühnenauftritt schonen, dem Timbre eine Pause gönnen.

"Nicht wahr! Und wenn einer sagt: alles nur Zufall, dann sage ich: es kommt ein Punkt, wo so viele Zufälle zur Erkenntnis führen, dass Gott seine Hände im Spiel hat!"

"Oder der Teufel!", feixte Jonas frech.

"Wie kommen Sie jetzt auf den?"

"Naja, wenn er drei Leute sterben lässt..."

"Sie haben nichts begriffen! Gott hat diese Leute doch nicht sterben lassen, ihre Zeit war einfach abgelaufen!", echauffierte er sich mit einer ungeduldigen Miene. "Aber er gibt uns dezente Hinweise, was kommen wird."

"ACH!", sagte er verständnislos, tat aber so, als verstünde er ihn und überlegte sich, wie er von seiner Gabe profitieren könnte.

"Ich weiß, was Sie jetzt denken!"

"Wirklich?", bezweifelte Jonas.

"Oh ja!", behauptete Wally und sah dabei allwissend drein. "Sie denken, ich hätte meinen Beruf verfehlt und sollte viel Geld mit meiner Gabe verdienen."

"Ja, genau!", beeilte er sich, ihn zu bestätigen. "Und ich denke auch, dass Sie mir helfen könnten-"

"Falsch!", unterbrach er ihn. "Ich habe nicht von Gott den Auftrag erhalten, IHNEN zu helfen, guter Mann!"

"Och... Aber vielleicht steht ja in der Zeitung, dass Sie mir helfen sollen und Sie haben es übersehen!"

"Wie bitte?"

"Ja, sehen Sie doch einfach nochmal nach! Ich bin Journalist, Sie lesen aus der Zeitung die Zukunft, also-"

"Sooo einfach ist das auch wieder nicht!", relativierte er nun. "Ich kann nicht immer der Zeitung entnehmen, was kommen wird."

Nun griff sich Jonas an den Kopf, als fiele ihm in dem Moment etwas ein und er sagte leise: "Jetzt begreife ich!"

"Was begreifen Sie?"

"Meinen Traum! Sie wissen schon, Fernsehen im Schlaf. Ich träumte in der Nacht auf heute, dass ich Hilfe von einem Mann erhalte, dessen Gesicht ich allerdings nicht sehen konnte", flunkerte er.

"Interessant!"

"Nicht wahr? Und ich befand mich in einer mir völlig fremden Wohnung, die mit einem wertvollen Teppich ausgelegt war!", schwadronierte er weiter und sah zu Boden, wo ein echter allerdings schon ziemlich ramponierter Perserteppich lag.

"Hm!" Man konnte an seiner Miene ablesen, wie er nun angestrengt überlegte, dem Besucher am besten behilflich sein zu können, denn er zog ein Gesicht, als quälten ihn Magenschmerzen, als er sich langsam wieder auf seinen Sessel setzte.

Ich glaub, den hab ich am Haken, dachte sich Jonas zuversichtlich und zwinkerte Claire konspirativ zu.

"Momentan fühle ich eine negative Energie. So eine Art von

Gnom", berichtete Wally während er mit einer Hand über seine Stirn rieb. "Dieser scheint meine Hilfe an Sie verhindern zu wollen, mein lieber Freund!"

Nun meldete sich Claire: "Und dürften Sie MIR helfen, Wally?"

Jonas wunderte sich, dass Claire mit ihren angeblich alten Freunden immer noch per SIE war, sagte aber nichts.

"Nun ja..." Er schien zu überlegen, rieb sich diesmal das Kinn und atmete schwer, so als hätte er ein sich anbahnendes Lungenleiden entdeckt.

Als er nichts mehr von sich gab, wollte ihn Jonas aus der Reserve locken: "Darf ich fragen, wann Sie Ihre Gabe zuerst entdeckten?"

"Als mein ältester Bruder bei einem Raubüberfall starb."

"Oh, das tut mir leid, dass Ihr Bruder überfallen wurde", beeilte sich Jonas seinem Beileid Ausdruck zu geben.

"Nein, er verübte den Überfall, doch sein Opfer tötete ihn. Da dachte ich mir, dass ich, um ihn im Jenseits wiedersehen zu können, auch so böse wie er sein müsste, doch eine innere Stimme erklärte mir, im Gegenteil, du musst nun gut für euch beide sein! Das war die Initialzündung!"

"AHA...." Jonas Blick zeigte deutlich sein Erstaunen.

"Das sind Signale aus dem Unterbewusstsein", meinte Claire. "Es meldet sich auch bei mir immer wieder."

"Jaja", stimmte ihr Wally erfreut zu. "Es entleert sich immer wieder..."

"Und wann fand bei Ihrem Unterbewusstsein die letzte erfolgreiche Entleerung statt?", wollte Jonas wissen.

"Hmmmm", überlegte er, als wäre es schon Äonen her, ehe er endlich bekanntgab: "Ich glaube vorgestern. Da kam mir in den Sinn ein Brieflos zu kaufen und prompt gewann ich 100 Euro!"

"Bravo!", feuerte ihn Jonas an. "Versuchen Sie doch mit aller Kraft, ob Sie es überzeugen können, für die entzückende Claire eine Entleerung zu vollführen."

Nun schien er sich zu konzentrieren: "Was wollen Sie wissen, Claire?"

"Oh, äh, ob ich bald sterben muss."

Entsetzt sah sie Jonas an, denn ursprünglich wollten sie doch etwas über den Ermordeten erfahren. Doch andererseits schien von Wally sowieso nichts darüber rauszukriegen zu sein - warum auch immer, ob ein Gnom es zu verhindern suchte oder er einfach nicht in der richtigen Stimmung war, um mit Toten zu sprechen.

"Nein, ich sehe, dass Sie sich bald in einen Mann verlieben werden", verkündete Wally, wobei sich seine Züge merklich entspannten, als stellte er sich die wunderbare Claire in einem Negligee vor.

"Im echten Leben? Denn auf der Bühne spiele ich gerade den Weibsteufel, der sich auf einen Seitensprung einlässt."

"Tut mir leid, ich kann Ihnen nur verraten, was ich aus meinem Unterbewusstsein gemeldet bekomme und keine näheren Deutungen über die Einzelheiten. Die müssen Sie sich wirklich schon selber herausklamüsern", forderte er sie auf und atmete tief durch, als hätte er eben Schwerarbeit geleistet.

"Wir danken Ihnen herzlich für Ihre Hilfe", sagte Jonas und deutete Claire den Aufbruch an.

Nachdem sie beide im Wagen saßen, meinte Claire erleichtert: "Ich fühle mich jetzt besser, nachdem ich von Wally erfahren habe, doch noch weiterleben zu dürfen."

"Ich auch", beeilte sich Jonas ihr zuzustimmen, denn er wollte ihre blendende Laune nicht mit einer defätistischen Bemerkung über Wallys Unfähigkeit trüben. "Wohin wollen wir nun feiern gehen?"

"Tut mir leid, ich fahre jetzt in die Burg, mich auf meine Vorstellung vorbereiten."

"Ach, dann fahr ich mit und gehe von dort aus zu Fuß zur Redaktion am Lobkowitzplatz, um noch einen Artikel fertigzuschreiben. Das wird auch meinen Chefredakteur freuen, der sonst immer etwas an mir herum zu mäkeln hat."

"Jaja, unsere Vorgesetzten lieben es, uns das Leben so schwer wie möglich zu machen", meinte sie und gab Gas.

Auf dem Weg zu ihrem Ziel ließ Jonas noch seine Bildung heraushängen: "Wissen Sie, was Victor Hugo über die Zukunft sagte?"

"Ich weiß nur, dass er ein hervorragender französischer Schriftsteller war."

"Er meinte: Die Zukunft hat viele Namen. Für die Schwachen ist sie das Unerreichbare, für die Furchtsamen ist sie das Unbekannte und für die Tapferen ist sie die Chance!"

"Wunderbar wie Sie ihn zitieren, Sie hätten auch ein gewisses Schauspieltalent, Jonas!"

Auf dem Beifahrersitz wuchs er gleich um mindestens einen halben Meter, sodass er sich beim Aussteigen beinahe den Kopf angeschlagen hätte.

Gedanken eines Amokläufers oder alles schon mal da gewesen

Obwohl es schon ziemlich spät war, konnte Jonas wie üblich nicht einschlafen, zu viele Gedanken huschten durch sein Gehirn und hielten es am laufen. Es schien unmöglich zu sein, es einfach abzuschalten und Pillen wollte er nicht einnehmen, denn damit hatte er schon unangenehme Erfahrung gemacht.

Also setzte er sich vor seinen PC und rief wie so oft YouTube auf. Er gab das Wort 'Columbine' ein, denn die Tatsache, dass seine verblichene Kollegin Romschmitt den dort stattgefundenen Amoklauf mit diesem Schotten in Verbindung gebracht, und laut diesem Brillabeck O'Mally einen amerikanischen

Akzent hatte, konnte auch daraus resultieren, dass er damit irgendwie zu tun gehabt haben könnte. Aus der ganzen Reihe von Vorschlägen wählte er die Titel 'Columbine FBI Inside Job' sowie 'The Columbine Cause An Examination' aus und sah sich fasziniert die ausführlichen Berichte - ausgewählt aus Tausenden von Seiten echter Ermittlungsdokumente - über zahlreiche Zeugenaussagen an, die vermuten ließen, am Tattag hätten sich mehr als nur zwei Schützen ausgetobt...

Das Columbine-Massaker (von allen US-Schul-Schießereien die am besten dokumentierte) am 20. April 1999 hatte hohe Wellen in den Medien geschlagen, das Time Magazine brachte ein Extra-Blatt heraus und auch in Europa überschlugen sich die Medien mit Berichten darüber. Allerdings hatte Jonas damals noch ganz andere Sorgen, befand sich selber noch im Hamsterrad der Schule, überlegte sich schon vorsorglich, welchen Beruf er ergreifen sollte, welche Studienrichtung er dafür wählen müsste, ob er ein Auslandssemester in den

Staaten in Erwägung ziehen oder nur nach England rüberfliegen sollte. Davon lenkten ihn seine erste große Schülerliebe ab, die sich ziemlich turbulent gestaltet hatte, und ein schwieriger Umzug von einem Bezirk in den anderen, der sich über Wochen hinzog. Seine Eltern machten ihn für das mysteriöse Abhandenkommen von einigen Umzugskisten verantwortlich, was ihn beinahe zum Detektiv werden ließ. In seiner blühenden Fantasie sah er sich als Nachfolger von Sherlock Holmes, der die verschwundenen Kisten in einer Räuberhöhle aufstöberte und dafür gefeiert wurde. Leider blieben die Kisten, in denen sich vor allem Bücher befanden, für immer verschollen, nur sein Wunsch nach einem investigativen Beruf war ihm geblieben.

Nun saß er vor seinem Computer und studierte aufmerksam die vielen Filmaufnahmen, welche vor über 20 Jahren zwei amerikanische Schüler hinterlassen haben - er zog sich alles rein und es wirkte fast wie Crystal Meth - er konnte nicht schlafen, musste ein Video nach dem andern sehen über diese Kinder des Zorns. Alles bestens dokumentiert: Eric Harris und sein willfähriger Anhänger Dylan Klebold - Abtrünnige einer unbarmherzigen Leistungsgesellschaft, die sie an den Rand gedrängt hat, befanden sich in einer Phase, in welcher einem die gesamte Existenz wie eine Strafe vorkommt. Eric, ein nihilistischer 18-jähriger High School-Teen, so zynisch wie ein 48-jähriger Obdachloser, der mit Gott und der Welt hadert, ist das Mastermind des berühmten Amoklaufes gewesen. Dylan, erst 17 und unglücklich verliebt, machte in Todessehnsucht und Kadavergehorsam dabei willig mit. Trotz ihrer Intelligenz, mit der sie das gesamte System hinterfragten, begriffen sie leider nicht, dass die Pubertät nur eine miese Lebensphase darstellt. Beide hinterließen sowohl zahlreiche Videos, in denen sie sich erklärten, sowie handschriftliche, sehr aufschlussreiche Aufzeichnungen in ihren Tagebüchern, aus denen auf YouTube ebenfalls einige Auszüge zu sehen waren. Die beiden jungen

Massenmörder hatten sich mit ihrer ruchlosen Tat jedenfalls in die Unsterblichkeit des World Wide Web katapultiert. Doch berüchtigt zu werden war schließlich auch ihr Ziel gewesen.

Jonas schüttelte an manchen Stellen der Elaborate den Kopf, denn auch er hatte damals aufgrund seines natürlichen Testosteronausstoßes mit Wutgedanken und Gewaltfantasien zu kämpfen. Als ihn z. B. Lukas Schwenkstein - dieses dumme Schulkollegenschwein - einmal vor versammelter Klasse als Wixer beschimpfte, hätte er ihm mit dem Zirkel am liebsten die Augen ausgestochen, oder zumindest das Zahnfleisch punktiert. Leider erwies er sich stärker als Jonas, der sich außerdem gefühlsmäßig doch im Griff hatte. Ihm genügte es damals, seine Feinde nur mittels Tagebuchgekritzel in der Fantasie zu ermorden. Apropos Mord, dabei fiel ihm das Gemälde DK in der Wohnung des Opfers ein. DK = Dylan Klebold, schloss er messerscharf und O'Mally schien wohl dessen Bewunderer zu sein.

Ja, er fuhr sogar einen roten BMW wie sein jugendliches Idol...

Um sich von seinen eigenen unangenehmen Erinnerungen abzulenken, las Jonas die Kommentare zu einzelnen Columbine-Videos und entdeckte viele positive Aussagen, Verständnis, ja sogar Verehrung vor allem seitens Mädchen für Eric, die ihn als Cutie (Süßer) bezeichneten und mit Herzchen ihre Liebe für ihn ausdrückten. Nun sah er in den Videos und auf den Fotos nicht einmal schlecht aus, mit seiner schrägen Stirn und den stechenden Augen, allerdings aufgrund seiner schmächtigen Physis total unsportlich. Nichtsdestotrotz drehten manche Mädchen 20 Jahre nach dem Attentat eigene musikunterlegte Videos mit Ausschnitten des von Eric & Dylan gedrehten Filmmaterials, in welchen sie beide zum Jugendidol hochstilisierten. Sozusagen als die Retter aller gemobbten Hochschüler. Hätte Eric nur die komplizierte Phase seiner Jugend und die vielen Zurückweisungen überstanden, wäre er ein normaler, eventuell sogar

begehrter Mann geworden - obwohl...
Wer solche radikalen Gedanken
niederschrieb, schien für das normale
08/15-Dasein eines Durchschnittsbürgers
gänzlich ungeeignet. Dazu hatte er sich
zu früh zu viele Fragen zu negativ
beantwortet und die Abgründigkeit der
Welt damit ermessen zu können
geglaubt. Seine philosophischen
Grübeleien führten dazu, sich anderen
überlegen zu fühlen:

*Lass all deine vorgefassten
Ansichten und Glaubenssätze, sämtliche
Ideen, die man dir in den Verstand
gebrannt hat, fallen und versuche
herauszufinden, warum du hier bist. Aber
ich wette, die meisten von euch
Flachwichser sind gar nicht fähig, so tief
zu denken und das ist der Grund warum
ihr sterben müsst. Ha, wir sind so
verschieden, dass sogar der Gedanke,
dass wir der gleichen Spezies angehören,
eine Beleidigung ist. Ihr steigt mit allen
anderen auf das Boot und lasst euch den
Strom des Lebens entlangtreiben, aber da
mache ich nicht mit, ich habe zu lange
nachgedacht und zu viel verstanden, zu*

viel herausgefunden, bin mir meiner selbst zu sehr bewusst geworden, um in die Gesellschaft zurückzufinden ....

Eine ziemliche Hybris für einen 18-Jährigen, überlegte Jonas. Harris, der sich von der herrschenden High-School-Kultur und deren gnadenloser Rangordnung unter Druck gesetzt sah und trotz Charme bei Mädels stets den Kürzeren zog, musste tierisch gelitten haben, wünschte sich laut eigenen Angaben nichts sehnlicher als endlich flachgelegt zu werden, sah aber doch ein, dass Sex keine therapeutische Wirkung haben konnte. Nun, als toter Amokläufer war er ungewollt zum Sexsymbol einiger weiblicher Teens aufgestiegen, welche Ironie des Schicksals.

Und eigentlich machte ihn nur seine Untat für seine Fans so interessant, erkannte Jonas. Auch die Unerreichbarkeit ihres falsch gewählten Idols verstärkte den Wunsch mancher Teenies, früher geboren worden zu sein, ihn doch damals schon gekannt und sicher auch geliebt zu haben...

Die eigene Vergangenheit meldete sich wie eine Alarmglocke in Jonas' Gehirn und die Zeit, als er noch jeden Morgen eine unerwünschte Erektion hatte, tauchte aus dem Dunkel seiner Erinnerung auf: Damals lag er also in seinem warmen Bettchen, masturbierte heftig und bald tat ihm sein Glied weh... Dann endlich stellte sich das heißbegehrte Gefühl ein, feuchtwarmer Fluss, vertrauter Geruch und die morgendliche Ermahnung seiner Mutter, die auf seine Umtriebe sehr antiseptisch reagiert hatte. Den Dialog entsann er so, als hätte sich dieser erst gestern zugetragen.

"Du hast schon wieder getan, was von Onan in der Bibel steht."

"Und ist das schlecht für mich, werde ich erblinden?"

"Nein, aber es versaut mir die Bettwäsche! Ich gebe dir etwas, wo du hinein-äh-ejakulieren kannst."

Mit vorwurfsvollem Blick händigte sie ihm damals eine

Staubsaugertüte aus. Diese erinnerte ihn an die berüchtigten Kotztüten im Flugzeug, die er beim ersten Familienurlaub nach Spanien zweckgemäß nutzen musste... Komisch, dachte er in dem Augenblick, dass ich gerade jetzt an sowas denken muss. Die Stewardess war so hübsch, doch da er damals erst sieben Jahre war, spielte das noch keine Rolle. Alles in allem hatte ihm seine Fantasie geholfen, die Jugend unbeschadet zu überleben.

Er war sicher der einzige 13-jährige, der neben seinem Bett griffbereit Staubsaugertüten liegen hatte - übrigens ein Erzeugnis, welches nicht mehr in der Form hergestellt wurde. - Ach, beim Erinnern an seine Kindheit erschien ihm Weihnachten wie eine Entschuldigung für all die Erziehungsfehler...

Mittlerweile war es fast ein Uhr nachts und er wollte schon zu Bett gehen, als er doch noch Dylan Klebolds Loveletter las, den dieser nie an seine heimliche Flamme abgeschickt hatte. Selten gefühlvolle Worte eines Teens, der sich an das unschuldige Lachen einer Schulkameradin erinnerte... Interessant seine Selbstbeschreibung: *Auf viele wirke ich furchteinflößend, aber nur, weil sie fürchten, was sie nicht verstehen...* Besonders berührend kam die Zeile rüber, wo er ihr anvertraut: *Schon mit dir zusammensein zu dürfen, wäre der Himmel für mich gewesen.* Tja, dann hatte er sich stattdessen für die Hölle neben einem wütenden Psychopathen entschlossen. Der Reiz des Bösen vermochte ihn zu überwältigen, mehr noch als die Kraft der Liebe, vor allem, da diese unerwidert blieb. - Moment, habe ich nicht auch mal einen Liebesbrief bekommen und sogar aufgehoben, fragte sich Jonas. Abrupt sprang er auf und holte aus seinem breiten Kleiderschrank eine alte Delka-Schuhschachtel heraus. Darin fand er die Relikte seiner eigenen Schulzeit und tatsächlich auch das in süßer Kinderschrift verfasste 18 Jahre alte Beweisstück der Schwärmerei einer Unbekannten für ihn, den damaligen Nerd:

Lieber Jo,

Du erinnerst Dich wahrscheinlich nicht mehr an mich, das ewige Mauerblümchen. Einmal sprachst Du mich während der Pause im Schulhof an und ich weiß noch jedes Wort, das Du sagtest. Dir fiel auf, dass ich ganz am Rand sitze, so als wolle ich gleich weglaufen. Ja, das wollte ich, am liebsten mit Dir! Fort von dieser schrecklichen Schule, wo alle nur die richtige Markenkleidung im Sinn haben. Nur Du sprachst von Dingen, die auch mich bewegten, aber ich war zu schüchtern, um mich Dir zu öffnen und jetzt ist es wahrscheinlich zu spät. Falls Du dennoch meinen Namen weißt, schreib mir bitte.

Der Brief - ohne Absender mit einer künstlerischen Blume verziert - erreichte ihn einen Tag nach Schulschluss und er wusste bis heute nicht, wer ihn geschrieben hatte. Genaugenommen verdankte der Brief der schönen Zeichnung, aufgehoben worden zu sein... Jedenfalls lenkte ihn damals die Hektik seines unreifen Lebens davon ab, ernsthaft darüber nachzudenken, welches der Mädchen sich an jedes seiner Worte erinnerte, wo er doch selbst nicht mehr wusste, was er damals alles so von sich gegeben hatte.

Damals war ihm nie langweilig genug, um sich mit der eignen Vergangenheit zu beschäftigen, ja er hatte das Wort FAD nie in sein Vokabular aufgenommen. Wer könnte es gewesen sein, grübelte er viel zu spät darüber nach. Womöglich war sie längst verheiratet, hatte einen Haufen Kinder und einen eifersüchtigen Liebhaber nebenbei. Ja, vom Unschuldsengel zur Femme Fatale, so wie eine einstige Klosterschülerin, in die er sich einmal während der Ferien verliebt hatte und einige Jahre später per Zufall wiedergetroffen hatte. Sie tat so, als wäre er der einzige Mann gewesen, der ihr je etwas bedeutet hätte und so landeten sie sogleich in ihrem Bett. Nach dem Akt stand sie auf und meinte, er sollte nun besser gehen, denn ihr Freund käme bald heim und er möge es nicht, wenn sie alte Liebschaften auffrische...

Nein, so eine konnte die Briefschreiberin nicht geworden sein, wünschte er sich inständig. Aber wer war sie???

Aufgrund doch noch eingetretener Müdigkeit fielen ihm fast schon die Augen zu und er legte sich sehnsüchtig nach der alten Zeit, die er doch eigentlich hasste, ins Bett....

Die Qual der Wahl oder lieber Ladies first

Die Aufgabe eines Journalisten beschränkte sich nicht darauf, hinter den neuesten Nachrichten herzulaufen, sondern die in Erfahrung gebrachten auch in die richtige Form zu bringen. Bezüglich seiner Deadline für den versprochenen Artikel über den 'Winter in Zeiten des Klimawandels' arbeitete Jonas daher pflichtbewusst auf seinem Platz in der Redaktion. Mit flinken Fingern hämmerte er auf die Tastatur seines Computers ein und suchte dann die passenden Fotos aus seinem Eigene-Bilder-Ordner aus. Nachdem die Wahl auf eine Aufnahme aus seinem Schwedenurlaub von vor drei Jahren gefallen war, er darunter die Zeile 'So wird es bei uns bald wieder aussehen' getippt und dann auf 'absenden' geklickt hatte, lehnte er sich erschöpft zurück.

Unerwartet klingelte sein Smartphone und er nahm das Gespräch an, während er aus der Redaktion eilte, worauf er eine heisere - wohl schon verkühlte - Männerstimme vernahm.

"Hallo, falls Sie ein Interview mit St. Rache wollen, dann sollten Sie schnell in dieses neue Lokal im ersten Bezirk kommen, wo ein Essen so teuer ist wie die Monatseinkäufe einer Pensionistin." Die Stimme klang zwar vertraut, doch ob der Heiserkeit, die dem kalten Wetter geschuldet sein mochte, konnte er sie keinem ihm bekannten Gesicht zuordnen.

"Wer spricht denn da?"

"Na, ich bin es, Ihr Informant! Also hier sitzt der Strache samt Gattin und seiner Höllenbrut!"

Noch immer unwissend um die Identität des Informanten, von denen sich einige so nennen konnten, empörte sich Jonas: "Also bitte, was kann das arme Kind dafür, dass es von Strache abstammt?"

"Dämonen können sich auch als Baby verkleiden! Kommen Sie schnell, die ganze Bande bekommt grad ihr Essen serviert, wahrscheinlich die Kindsopfer des großen Molochs!" Damit endete der merkwürdige Anruf.

Kopfschüttelnd machte er sich auf den Weg in das neu eröffnete Lokal namens Rosspergers Restaurant, ein Edel-Gastronom mit baldigem Hauben-Verdacht. Ein Interview mit einem Politiker, der eine solche Vergangenheit und noch immer so viel Einfluss hatte, reizte ihn natürlich. Schnell stieg er in seinen Audi und fuhr los, zuckelte im trägen Verkehr hinter einem VW-Bus her, der einen lustigen Aufkleber trug 'Jesus loves me but not my wife!'. Über solche Kleinigkeiten konnte er sich unheimlich amüsieren und lachte lauthals, als sein Smartphone nochmals klingelte. Vor einer roten Ampel nahm er das Gespräch an und als er Claire Cassinis melodische Stimme hörte, überschlug sich förmlich sein Herzschlag.

"Jonas, können wir reden?", fragte sie gehetzt.

"Ja, sicher, wo wollen wir uns treffen?"

"Am besten in meiner Wohnung, bitte so schnell wie möglich."

"Ja sicher, bin praktisch schon bei Ihnen!", versprach er, obwohl er doch ein Interview mit einem ehemaligen Partei-Bonzen gut hätte verkaufen können. Abrupt musste er bremsen und schimpfte: "Dem gehört außer dem Führerschein auch noch die Wahlberechtigung entzogen!"

Claire trippelte in einem cremefarbenen Seidenanzug aufgewühlt in ihrer Wohnung auf und ab, die Hände wie zum Gebet vor der Brust gefaltet.

Des zu erhoffenden Besuchs wegen eilte sie rasch in ihr Badezimmer, um ihr Makeup zu überprüfen. Gleichzeitig breitete sich unglücklicherweise bei ihrem abwesenden Nachbarn aufgrund seiner explodierten Handy-Ladestation ein veritabler Zimmerbrand aus. Doch davon konnte Claire natürlich nichts ahnen. Sorgsam zog sie sich die Lippen in der Trendfarbe nach und frisierte dann ihre dunkle Mähne in Form. Trotz des Stresses, unter dem sie augenscheinlich stand, wollte sie dennoch nicht auf ein optimales Erscheinungsbild verzichten.

Noch musste sich Jonas durch den Verkehr quälen, ehe ihm ein Wechsel der Route über einige Seitenstraßen ein schnelleres Fortkommen ermöglichte. Im Rekordtempo kam er bei ihrem Wohnhaus an und sah zu ihrer Dachterrasse hoch. Er glaubte, seinen Augen nicht trauen zu dürfen. Aus dem Dach neben ihrer Terrasse loderten Flammen! Sogleich wählte er die Nummer der Feuerwehr und sprintete die Stufen zu ihrer Wohnung hoch, fand sie ziemlich desparat doch ahnungslos vor.

"Claire, bei Ihren Nachbarn brennt es!"

Von unten drang die markerschütternde Sirene der Feuerwehr hoch und beide lugten aus dem Fenster. Das Feuer schien zwar noch weit genug entfernt, um eine Evakuierung vermeiden zu können, doch der Rauch verdunkelte unheilvoll die Aussicht. Ängstlich drückte sich Claire an ihn, hätte er das gewusst, hätte er sich sogar vorstellen können, das Feuer selbst zu legen. Um mit so einer faszinierenden Frau die Zeit verbringen zu dürfen, wäre er sogar kriminell geworden. Die tapferen Feuerwehrleute fuhren die Drehleiter aus und konnten mit dem Schlauch den Brand in Windeseile löschen und für alle Nachbarn Entwarnung geben.

„Das hätte schlimm ausgehen können", bemerkte sie leise. „Sie sind im richtigen Moment auf der Bildfläche erschienen."

„So fügt sich oft ein gnädiges Schicksal, um einen so liebenswerten

Menschen wie Sie beschützen zu können!"

„Hoffentlich sind die Leute da drüben auch versichert."

„Wer sich leisten kann, hier zu wohnen, der hat bestimmt auch finanziell keine Sorgen", meinte er.

Erleichtert berichtete Claire nun den Grund, warum sie ihn zu sich rief: "Es war so gruslig, ich ging zu einem schon länger vereinbarten Termin bei einer professionellen Hellseherin aus Deutschland ins Hotel Hilton. Natürlich erzählte ich ihr nichts von der Gefahr, in der ich schwebte, und fragte sie, was ich demnächst zu meinem Geburtstag geschenkt kriege, und als sie meinte, es wären nur Blumen, da wurde mir kalt. Wem schenkt man nur Blumen???" Hilfesuchend sah sie ihn an.

"Naja...", druckste er herum, "jemandem, der schon alles hat."

"Das glaube ich weniger! Ich befürchte eher einer Toten zur Beerdigung!"

"Nicht überreagieren, es kann alles nur ein unheimlicher Zufall sein. Claire, ich wollte Sie keinesfalls mit meiner Vermutung über diesen Todespunkt verunsichern oder gar ängstigen." Am liebsten hätte er sie in die Arme genommen, doch andererseits hinderte ihn die Furcht vor der Abweisung unter dem Verdacht des Ausnützens ihrer Notlage.

"Jaja, aber es kann nicht alles ein Zufall sein! Der Feuersbrunst bin ich knapp entgangen, doch das Wichtigste wissen Sie noch gar nicht. Ich habe in einer Zeitung noch ein Foto mit einem Porträt eines Promis gefunden, der so einen unheilvollen Punkt hat. Die Zeitung ist drei Tage alt, wenn wir also seine Todesmeldung erfahren, dann sind wohl alle Zweifel beseitigt."

"Wer ist es denn?"

"Präsident van der Bellen!"

Eine Weile saßen sie sich schweigend in ihrem Wohnzimmer gegenüber, fast wie ein Ehepaar, das einander nichts mehr zu sagen hat - die Stille schien lauter als Worte zu sprechen -, als er sich schließlich bemüßigt fühlte, irgendetwas ganz Profanes zu erzählen, um sie auf andere Gedanken zu bringen.

"Ich möchte die ganze Zeit etwas Außergewöhnliches tun, tue aber gleichzeitig nichts, wozu ich nicht gezwungen bin. Vielleicht bin ich schlecht geeignet für Zeiten, in denen man so viele Freiheiten hat, Zeiten, in denen mich meistens gar nichts zwingt. Deshalb verwende ich viel Zeit und Energie darauf, etwas zu finden oder zu erfinden, das mein Tun rechtfertigt. Oder ich denke an die Vergangenheit..."

"Aber die Geschichte mit dem Todespunkt haben Sie nicht erfunden."

"Nein, allerdings hat mich sogar mein Chefredakteur darauf hingewiesen, dass so etwas über 200mal vorkommen müsste."

"Wer sagt ihm denn, dass es nicht noch weitere 195mal vorkommen wird?", fragte sie. "Fünf Leute mit diesem Punkt auf der Stirn sind doch schon gestorben, oder?"

Im Geiste ging er nochmals alle durch und zählte an den Fingern ab: "Bezirksrat Samuel Haditsch, Society-Lady Ricarda Rebus, Radsportler Bernhard Kisch und der Kriminelle Henry O'Mally. Nur vier Personen, Sie dürfen sich selbst noch nicht dazuzählen!"

Ihr schmales Gesicht erbleichte trotz Makeup sichtlich. "Ein schwacher Trost, dass ich noch lebe, denn ich weiß ja nicht, wie lange diese Gnadenfrist noch währt!"

„Es ist so, dass ich eine starke Verantwortung für Sie empfinde, Claire, verstehen Sie mich nicht falsch, ich will Ihnen bestimmt nicht auf die Nerven fallen, aber…" Sein Blick vollendete, was er an Worten offenließ.

„Würde es Sie beruhigen, wenn ich mir einen Leibwächter zulege, oder wollen Sie persönlich meinen Leib bewachen?", erkundigte sie sich in einem neutralen Ton, der weder Ironie noch Überdruss erkennen ließ.

„Wenn Sie mich so fragen, dann muss ich Ihnen gestehen, dass ich Ihre Nähe als sehr angenehm empfinde", gestand er ihr und rang innerlich mit sich, ob er ihr seine Liebe jetzt schon gestehen sollte. „Es wäre für mich schrecklich, wenn ich mir im Ernstfall Vorwürfe machen müsste."

„Im Ernstfall?", fragte sie perplex, wobei ihre Atemzüge schneller gingen.

„Naja, ich konnte Sie zwar vor einem Brand retten und denke mit meiner Warnung Ihre Vorsicht geweckt zu haben, aber das besagt doch nicht, dass die Gefahr endgültig vorbei ist."

„Nein, das Leben ist immer lebensgefährlich", gab sie ungern zu. „Aber wie stellen Sie sich denn unser weiteres Zusammensein vor. Ich meine, Sie sind Journalist und müssen immer einer Super-Story nachjagen - oder glauben Sie gar, Sie hätten diese bei mir gefunden?" Ihre Miene wurde nun düster.

„Nein! Das hoffe ich vor allem um Ihretwillen nicht, aber ich…" Er atmete tief durch, erhob sich und rang sich schließlich das Geständnis ab: „Claire, ich fühle mehr als nur Verantwortung für Sie! Bitte, lachen Sie mich nun nicht aus, denn ich weiß genau, dass Sie viele Verehrer haben, schon wegen Ihres beruflichen Erfolges."

„Ach, Sie denken, ich wäre nur aufgrund meines Erfolges so beliebt beim anderen Geschlecht?" Nun stand sie ebenfalls auf, stemmte dann leicht erbost ihre Hände in die Hüften, eine Geste, die Frauen gern vollführten, wenn sie Männern etwas Unangenehmes mitteilen wollten.

„Nein-nein, natürlich nicht. Sie sind eine attraktive Frau, die auch als äh-

Paketzustellerin nicht über zu wenig männliches Interesse klagen müsste."

Nun begann sie zu lachen, richtig herzhaft, so als hätte er eben einen guten Witz erzählt. „Also wirklich, Jonas, Sie sind schon ein ulkiger Vogel."

„Finden Sie?", fragte er und versuchte ihr Lachen einzuordnen: Erleichterung, Spott, Hysterie? Er kannte viele unterschiedliche Gründe, aus denen Menschen lachten. Manchmal sogar aus Angst…

„Ja, ich finde Sie übrigens auch attraktiv, wobei ein Mann nicht schön sein muss, sondern vor allem männlich." Das Flirrende in ihrer Persönlichkeit unterstrich noch diese schmeichelhafte Aussage.

„Darf ich fragen, was Sie unter männlich verstehen?", erkundigte er sich mit echtem Interesse.

„Oh", machte sie und wandte ihr Gesicht von ihm ab, blickte durchs Fenster hinaus auf ihre begrünte

Dachterrasse, die sich durch den Schnee wie eine richtige Kitsch-Kulisse für den bald landenden Weihnachtsmann-Schlitten ausnahm. „Vor allem Kraft und Vitalität, wovon Sie durchaus genug aufweisen, und Esprit, der bei Ihnen auch vorhanden ist."

Das klang so, als würde sie nach diesen Vorteilen nun sogleich die Nachteile aufzählen wollen. Daher ergriff er wieder das Wort.

„Ich merke schon, dass meine Gefühle für Sie nicht gerade zu einem passenden Zeitpunkt kommen." Betrübt wandte er sich schon zum Gehen.

„Das sehe ich nicht so", sagte sie und drehte ihr schönes Gesicht wieder in seine Richtung.

„Nein?", schöpfte er Hoffnung. „Stoße ich bei Ihnen nicht auf totale Ablehnung?"

„Natürlich nicht... nur..." Etwas betreten starrte sie nun auf ihren blitzblank gebohnerten Parkettboden.

„Nur…?"

„Nur habe ich schon jemanden, den ich lieben kann!", gestand sie ihm.

„Ja, das habe ich auch befürchtet, dass eine Frau wie Sie natürlich nicht allein sein wird." Wie ein Sünder stand er nun mit leicht hängenden Schultern vor ihr.

„Das bedeutet jedoch nicht, dass ich Sie ablehne. Immerhin war John nicht da, als ich ihn gebraucht hätte", überlegte sie.

„Das kommt auch selten vor, dass jemand gerade zur Stelle ist, wenn man ihn braucht", bekannte er. „Meine gesamte Familie bestand aus zwar liebenden, doch meist abwesenden Personen."

Wieder musste sie lachen. „Jonas, Sie sind witzig! Und ja, mein John ist meist abwesend. Er lebt in England und ist - oh Skandal - mit einer echten Lady verheiratet!"

„Im Ernst?", entschlüpfte ihm erstaunt. "Ich hätte nie gedacht, dass eine Frau wie Sie einen Mann zu teilen bereit ist."

„Ja, jetzt wittern Sie wieder die Story Ihres Lebens, hab' ich recht?"

„Claire, ich schwöre Ihnen, dass ich niemals etwas tun würde, was Ihnen irgendwie zum Nachteil gereicht!" Dabei kam er einen Schritt auf sie zu. „Auch, wenn es mir beruflich nützt."

„Wirklich? Haben Sie schon einmal auf eine Story verzichtet, weil Sie jemand darum gebeten hat, der dadurch einen Nachteil gehabt hätte?", forschte sie.

„Ja, das ist noch gar nicht so lange her." Mit großen Augen betrachtete er sie und versuchte ihre Reaktion zu deuten. Wollte sie die Story hören oder prüfte sie so seine Verschwiegenheit oder verdächtigte sie ihn sogar, sich schnell etwas auszudenken.

"Sie sollten ein Buch darüber schreiben."

"Ach, so interessant finde ich mein Leben gar nicht", wehrte er bescheiden ab. "Außerdem gibt es schon genug Schreiberlinge, die glauben etwas zu sagen zu haben."

"Also ich würde es kaufen", versicherte sie ihm und änderte ihre Haltung, sodass er ihrer Körpersprache echtes Interesse entnehmen konnte.

"Wirklich?"

"Aber ja! Ich würde sogar die weibliche Hauptrolle übernehmen", lächelte sie, "wenn die Gage stimmt!"

Schade, dachte er, den Teil mit der Gage hätte sie ruhig weglassen können.

"Dazu muss ich noch anmerken, dass Literatur neben meinem Beruf meine Leidenschaft ist." Dem Geständnis folgte eine Geste zu ihrem gut bestückten Bücherregal, wo sich die aktuellen

Bestseller zwischen den Klassikern drängten.

Kurz folgte er ihrem schlanken Arm dorthin, sah ihr dann wieder in die Augen und bekannte: "Ich habe ein Problem mit der gängigen Literatur: sie basiert auf Annahmen. In der Literatur ergeht man sich immer in Annahmen. Die Story nimmt einfach an, es passiert A, dann machen die Protagonisten B und das führt dann zu C. In der Realität ist es meist so, dass nach A kein B möglich ist, sondern gleich Z passiert und man als XY in der Prosektur landet, was durchaus auch zu einem spannenden Roman führen kann, den aber keiner von uns erleben will."

"Nanu", wunderte sie sich mit großen Rehaugen und setzte sich wieder hin. "Sie wollen die Story eines Buches, welches Sie gelesen haben, auch erleben?"

"Naja, wer würde sich nicht gern unsterblich in eine Super-Frau verlieben und erfolgreich um sie kämpfen."

"Verstehe, und Sie haben bisher erfolglos um die Frau Ihrer Träume gekämpft?"

Ihr iPhone schellte und er war froh, von solch unerwarteter Störung von der Pflicht einer Antwort verschont zu bleiben.

"Ja?", meldete sie sich und ihr Gesicht verfinsterte sich. "Danke!" Sie beendete das Gespräch, welches offensichtlich eine unangenehme Assoziation in ihr geweckt hatte, und erhob sich grazil. "Es tut mir leid, mein Lieber, aber ich muss leider zu einer wichtigen Besprechung mit meinem Regisseur.

"Ich fahre Sie gerne hin, wenn Sie zu aufgewühlt sind, um sich hinter das Steuer zu klemmen."

"Danke, wird schon gehen, irgendwie fühle ich mich nach unserem Gespräch weniger gefährdet. Ich muss mich noch umkleiden. Auf Wiedersehen!"

Es schien Jonas sinnlos seinen ursprünglichen Plan, des Ex-Politiker-Interviews wiederaufzunehmen, also schweifte er in Gedanken wieder zum Mordfall O'Mally ab. Der Gedanke an Columbine befiel ihn auch wieder und er fuhr zurück in die Redaktion in der Hoffnung, vom Chefredakteur eine Dienstreise nach Colorado finanziert zu bekommen.

"Sind Sie völlig irre, Jericho?"

"Nein, ich bin auf einer heißen Spur!", verteidigte er sich tapfer.

"Sie sind auf dem Holzweg, daher zahlt Ihnen die Zeitung nicht einmal die Holzklasse!", fauchte ihn Riasek an, wandte sich einfach von ihm ab.

Das ärgerte ihn derart, dass er seinem verhassten Boss wie Bruce Willis in 'Die hard II' zurufen wollte: Auf was reagiert der Metalldetektor bei Ihnen, auf das Blech im Hirn oder das Blei im Arsch??? Doch das ließ er natürlich bleiben, fuhr aber aus Protest heim, wo er sich vor seinen Computer setzte und zur

Entspannung eine Runde Egoshooter spielte. So wie Eric Harris, der vor seinem Amoklauf auch Stunden so verbrachte. Jonas rief sich wieder Berichte darüber auf YouTube auf.

Die verweigerte Dienstreise ging ihm nicht aus dem Kopf, daher verlegte er sich auf ein simples eMail, welchem er sein Foto des Toten als Attachement beifügte, an den in einem der gezeigten FBI-Dokumente genannten Beamten - bei einem solchem traumatischen Ereignis konnte er davon ausgehen, dieser könne sich noch lebhaft daran erinnern - und erklärte ihm in weitgehend korrektem Englisch, was er vermutete. Die Zeitverschiebung zwischen Wien und Littleton/Colorado betrug minus acht Stunden, also musste der Beamte nach menschlichem Ermessen noch im Dienst sein, so er nicht - Gott behüte - von einer Kugel getroffen und von seiner Ermittlungstätigkeit noch vor seiner Pension abberufen worden ist.

Die Traumfrau klingelt an der Tür oder ein böser Weckruf

Eben wollte sich Jonas hinlegen, als es klingelte und er durch die Gegensprechanlage Claires Stimme wahrnahm. Nachdem er den Türöffner betätigt hatte, zog er sich in Windeseile ein frisches Hemd und seine beste Hose an, fädelte eben noch rasch den Ledergürtel ein, als sie auch schon an der Wohnungstür pochte.

"Um Himmels Willen, Claire, Sie scheinen zu glühen, oder ist das nur zu viel Rouge auf ihren hohen Wangenknochen?" Verblüfft ließ er sie eintreten und schloss sich die Gürtelschnalle.

"Ich bin den ganzen Weg hierher gelaufen, haben Sie Vodka?" In einem schicken dunklen Kostüm mit einer Reisetasche über der Schulter trat sie ein, wobei die Sohlen ihrer klobigen Stiefel leise knirschten.

Nach einem wärmenden Schluck atmete sie hörbar aus. "Kunst hat die Macht eine neue Realität zu erschaffen, darum liebe ich meinen Beruf so sehr, es ist wie eine andere Zeitschiene, auf der ich mitunter mein schwieriges Leben verlagern kann. Mit meiner Kunst kann ich die harte Realität besser bewältigen. Immer wieder balanciere ich meine Seele aus, indem ich in die Haut einer anderen Person schlüpfe."

"Das klingt spannend. Wollen Sie bei mir einziehen oder verreisen?" Bei dieser Frage deutete er auf ihre Reisetasche.

"Ich muss weg aus der Stadt, sonst werde ich verrückt. Sie hatten völlig recht mir einen Ortswechsel vorzuschlagen, lassen Sie uns beide von hier fliehen." Ein flehender Blick traf ihn mitten ins Herz, ihr blumiges Parfum lullte ihn ein und ihre vor Kälte geröteten Hände falteten sich.

"Oh-äh, wohin wollen Sie denn mit mir?"

"Nach New York City. Ich kenne die Stadt schon, da ich sie während meines Schauspielstudiums als Ziel meines Auslandssemesters gewählt habe.

Schnell, packen Sie ein paar Sachen und Ihren Pass. Ich zahle Ihnen selbstverständlich die Reise!"

Da sie sein Nein ohnehin nicht akzeptiert hätte, schnappte er sich seine Sporttasche, packte einige Kleidungsstücke und den Kulturbeutel hinein, steckte seinen Pass dazu und schlüpfte in bequeme Sportschuhe. Im Hinauslaufen langte er nach seinem Autoschlüssel und warf die Tür hinter sich zu, ohne abzuschließen. Fast fühlte er einen unsichtbaren Verfolger im Nacken, als er hinter ihr die Stufen hinunter aus dem Haus hetzte. Eine Frau wie sie fesselte ihre Begleiter mit Leichtigkeit an sich. Draußen umfing sie eisige Kälte, die sie jedoch - wohl noch erhitzt von ihrem Lauf zu ihm - nicht zu spüren schien. Eigentlich wollte er noch rasch zurück, um sich eine warme Daunenjacke zu holen, doch Claire stand schon auf der Beifahrerseite seines Audis. Beide warfen ihre Taschen auf die Rücksitze, stiegen ein und er fuhr Richtung Flughafen los wie in Trance.

"Haben Sie schon Tickets reservieren lassen?"

"Besser! Ich rief einen Freund an, der ein Privatflugzeug besitzt."

Solche Freunde möchte ich auch haben, dachte er sich, sagte jedoch nichts, da er nicht den Eindruck des Neides erwecken wollte. Mit ihren Gagen hätte sie sich solche Over-the-moon-Preise für Privatflüge leicht leisten können, allerdings bekamen Promis meist alles geschenkt. Die Welt konnte so ungerecht sein, doch es fühlte sich auch schön an, von dieser Ungerechtigkeit einmal profitieren zu dürfen.

"Was wird aus Ihrem Engagement an der Burg?"

"Ach, die Abwesenheit eines Künstlers kreiert den Nimbus des Mystischen", freute sie sich. Dabei rückte sie näher an ihn heran. "Meine Zweitbesetzung soll auch eine Chance bekommen! Ich hege doch starke Gefühle für Sie, Jonas!"

Ja, ihre Gegenwart versetzte ihn zurück in die Zeit seiner ersten Liebe, als er damals mit seiner Auserwählten im Auto seines Vaters mit ihr einen Ausflug aufs Land unternahm, wo er zum ersten Mal-

"Und Ihre Reportagen bei der Zeitung?", unterbrach sie seine Gedanken.

"Ach, das ist doch nicht wichtig. Es gibt so viele Zeitungen, da fällt ein Reporter weniger gar nicht auf. Was brachte Sie zu Ihrer spontanen Reiselust?"

"Die Angst vor dem Tod. Ich möchte noch einmal etwas erleben, falls ich wirklich schon so früh sterben muss", gestand sie ihm und umfasste seinen rechten Arm mit beiden Händen, so als wolle sie sich festhalten, um nicht vom Sensenmann mitgerissen werden zu können.

"Nicht doch, Claire, Sie könnten sogar den Tod betören wie in dem Film mit Brad Pitt, Rendezvous mit Jack Black."

Ihr Griff um seinen Arm verstärkte sich, sie hauchte ihm ins Ohr: "Sie erinnern mich von der Ausstrahlung her auch ein wenig an Brad Pitt."

Obwohl er wusste, dass es eine süße Lüge war, schmolz er förmlich dahin. Die Lichter des nächtlichen Wiens mit bunten Neonreklamen, Verkehrsampeln und einem Riesenmond am Himmel einer klaren Nacht vermittelten ihm ein Flair wie in einem Actionfilm. Im Lichtkegel seiner Scheinwerfer schienen Konfetti-Teilchen herumzuschwirren. Fernab weltlicher Tumulte und ungelöster Mordfälle schien er in eine aufregende schillernde Fantasiewelt versetzt zu werden, allein durch ihre Anwesenheit neben ihm. An einer roten Ampel hielt genau neben ihm ein Volvo und sein Herz blieb beinahe stehen. Darin saß der Rüpel, der ihn beinahe am Währinger Gürtel überfahren hätte, mit einer pissgelben Pudelmütze und deutete Zähne fletschend mit seinem rechten Daumen einen Schnitt quer über die Kehle an. Kaum bekam Jonas Grün preschte er mit Vollgas davon.

"Das gefällt mir", lobte ihn Claire. "Ein Mann mit Liebe zu schnellen Autos, zum Risiko, zu Abenteuern..." Sanft küsste sie ihn seitlich und er spürte eine leichte Erektion.

Eine Sirene ertönte, im Rückspiegel erschien flackerndes Blaulicht und Jonas bog in eine Seitenstraße ein, bemüht die Funkstreife hinter ihm abzuhängen. Obwohl er sich eine Verkehrsstrafe wegen einer Temposünde wohl leisten konnte, wollte er vor seiner Traumfrau nicht als Versager dastehen. Für einen Bericht über den ÖAMTC hatte er einmal ein Fahrsicherheitstraining absolviert, daher machte ihm eine rasante Fahrt durch die spärlich beleuchteten Schleichwege der Stadt keine Probleme, er genoss es, nahm eine Kurve auf nur zwei Reifen und alsbald hatte er den Streifenwagen hinter sich abgehängt. Ha, ihr lahmen Bullen, dachte er vergnügt, fühlte seine

Pulsfrequenz steigen. Natürlich auch wegen seiner aufregenden Beifahrerin. Wenn ihn nur jetzt der fiese Riasek sehen könnte. Dieser Bürohengst im Wachkoma, der zu dieser Zeit sicher schon faul im Bett lag und sich mangels Frau einen runterholen musste.

Claire hatte sich noch enger an ihn geschmiegt und lobte seine Fahrkünste: "Du fährst besser als Lewis Hamilton! Bald hebst du noch von der Straße ab! Pass auf, dass der Motor nicht sauer wird!"

Daraufhin nahm er den Fuß etwas vom Gaspedal, als er im Rückspiegel zwei grelle Scheinwerfer wahrnahm. Der Wagen hinter ihnen hatte den Sicherheitsabstand auf Handbreite verkürzt. KARACHO! Mit einem Ruck sprang sein Audi etwas nach vorne und der Verfolger schien einen zweiten Rammversuch zu planen, PENG! PENG! PENG! Schüsse peitschten durch die Nacht und seine Heckscheibe gab mit einem lauten Geräusch ihren Bruch bekannt. Also stieg Jonas erneut aufs Gas und hoffte, wem auch immer zu entkommen. Nicht ein Polizeiwagen hatte seine Stoßstange auf die seines Audis gestoßen, auch nicht der Volvo von vorhin, es handelte sich um einen roten BMW - das Auto des Ermordeten. Wer zum Teufel fuhr es nun? Und vor allem, was wollte er von ihnen? Konnte Jonas mit seiner Recherche schon zu nahe an dem Täter dran sein?

"Bist du verletzt, Claire?"

"Nein, ich habe ein dickes Fell! Hihihi!" Der Schluck Vodka schien sie leicht berauscht zu haben. Langsam schob sie ihren Rock hoch, präsentierte ihm kokett ihre langen Beine. Schon wollte er mit seiner rechten Hand ihren Oberschenkel sanft entlangstreichen, befürchtete jedoch, dadurch die Herrschaft über den Wagen zu verlieren.

Was würde das für eine Reportage werden, schoss es ihm durch sein aufgekratztes Gehirn - Starreporter mit Burg-Diva auf der Flucht vor Verbrechern! Tolle Schlagzeile! Er sah es als die Feuerprobe seines Berufslebens an. Noch niemals zuvor hatte er sich so lebendig gefühlt. Von Unbekannten unter Feuer genommen und gejagt wie Freiwild, wenn er es nur mit ihr überleben würde, wünschte er sich inständig. Seitlich sah er die schlanken verführerischen Beine Claires, die sich eben die vollen Lippen leckte. Hinter ihm fuhr der BMW so nahe wie ein Anhänger ohne Abschleppseil, setzte immer wieder zum Überholen an, doch musste sich aufgrund entgegenkommender Fahrzeuge wieder zurückfallen lassen. Es war unmöglich zu erkennen, wer da hinter der dunklen Scheibe hockte und es in heimtückischer Weise auf sie abgesehen hatte. Jonas holte alles aus seinem alten Auto heraus, was das manchmal aufheulende Getriebe hergab, doch in einer engen Haarnadelkurve kam er von der Straße ab und holperte durch Gras und Gestrüpp. Eine holprige Fahrt, die leicht in einem Überschlag enden konnte. Keine Häuser mehr in Sicht, nur die Natur, welche vom Mond in magisches Licht getaucht wurde. Der Flughafen konnte nicht mehr weit sein. Ihr reicher Freund sollte schon die Propeller starten, dachte er. Den Zielflughafen in Rio oder Kapstadt einprogrammieren. Nichts und niemand sollte ihren gemeinsamen Höhenflug stoppen!

"Wir haben uns gerade in die Botanik abgesetzt", beschönigte er sein Versehen.

"Wie romantisch, wo doch der Mond so hell am Himmel steht", flüsterte Claire ihm zu. "Du hast es schon wieder geschafft jemanden abzuhängen! Mein Held!"

Knapp vor einem Baum konnte er sein Auto gerade noch rechtzeitig anhalten und schaltete die Scheinwerfer aus. "Schätze, wir müssen den Rest des Weges per Pedes zurücklegen."

Beide stiegen aus und ihren Mündern entkam die ausgeatmete Luft als kleine Wolken, kalter Hauch, der sich rasch verflüchtigte. Und die Kälte ließ Claires Nippel hart durch die Kostümjacke dringen.

„Soll ich dich tragen, Claire?" Schon wollte er sie hochheben, doch entzog sie sich geschickt seinem Zugriff.

Spar deine Kräfte, falls es zu einem Kampf Mann gegen Mann kommt, Darling!" Mit einer Hand fuhr sie ihm durch sein Haar, welches sich widerspenstig aufstellte. Es schien elektrisch aufgeladen zu sein.

Ein kalter Windstoß wehte ihm ins Gesicht und seine Augen begannen zu tränen. Gleichzeitig merkte er, dass sie beide auf einem abschüssigen Gelände standen.

Vorsichtig spähte er herum, bemühte sich nicht abzurutschen, versuchte Claire zu stützen, konnte niemanden ausnehmen. Es war auch kein Ton zu hören, doch das konnte die Ruhe vor dem Sturm sein.

„Keiner mehr hinter uns!" Lasziv steckte sie ihm ihre Zunge ins linke Ohr.

"Ich fürchte, so schnell geben unsere Verfolger nicht auf, Claire!"

"Und was sollen wir tun?", wollte sie wissen. "Uns auf sie stürzen wie der Zorn Gottes?"

"Ja, wie der Erzengel mit dem Flammenschwert!" So sehr er sich bemühte, so wenig konnte er in der Dunkelheit erkennen. Nur ihr bleiches Gesicht, welches ihm immer näherkam. Ihre roten Lippen öffneten sich zum Kuss.

Über ihnen kreiste knatternd ein Hubschrauber, dessen Abwinde wie ein Orkan wirkten. Eiskalt - die Klagen der kleinen Klima-Greta schienen erhört worden zu sein. Claire begann zu zittern.

"Mir ist kalt, wärme mich", forderte sie ihn mit fester Stimme auf.

Ihr Wunsch war ihm Befehl und er riss sich sein Hemd vom Leib, unter dem er nur ein weißes Feinripp-Shirt trug, legte es ihr fürsorglich um die Schultern und schien hingerissen von ihrem schönen Gesicht mit den feurigen Augen, umrahmt von ihrer wilden Mähne.

"Das genügt mir nicht", hauchte sie, „ich will mehr von dir!"

Die Worte seines Chefs fielen ihm ein 'Diese Schauspiel-Diva hat großes Anspruchsdenken', dennoch war er bereit ALLES für sie zu tun! Wirklich alles! Also fetzte er sich sein Feinripp-Shirt ebenfalls vom Leib und stand nun mit nacktem Oberkörper vor ihr.

„Das genügt mir nicht", wiederholte sie, "reiß dir die Haut vom Leib für mich."

„Claire, wir werden praktisch von allen Hunden gehetzt und du verlangst Unmögliches von mir!"

„Wenn du mich liebst, dann tust du es", stachelte sie ihn an. Ihre Pupillen weiteten sich in freudiger Erwartung.

Die Kälte kroch unbarmherzig an ihm hoch, verursachte ihm eine Gänsehaut und er schämte sich ob dieser Schwäche vor ihr. Zudem hörte er sich nähernde, laut knirschende Schritte, Hundegebell, das immer lauter anschwellende Knattern des Such-Hubschraubers und aufheulende Sirenen. In der Ferne tauchten die Lichtkegel von Taschenlampen auf. Entschlossen packte er sie an der Hand und zog sie hinter sich her.

„Komm Claire, wir müssen von hier fort", rief er ihr zu, doch sie schien sich schwer zu machen, denn es war ihm fast nicht möglich sie von der Stelle zu bewegen.

„Jonas, tu es für mich!", forderte sie ihn auf. „Dann bereite ich dir in New York eine Liebesnacht, wie du sie noch nie erlebt hast!"

Zu allem entschlossen wandte er sich zu ihr um und starrte in ihr bleiches Antlitz, dessen Augen ihn zu durchbohren schienen und dessen Mund sich vielversprechend öffnete. Rasch entriss sie ihm ihre Hand und nestelte an seinem Hosenschlitz herum.

Sein Smartphone schrillte. Habe ich es überhaupt eingesteckt, fragte er sich erschrocken und tastete in seine hintere Hosentasche. Vor ihm geriet Claire in Panik, ihre Schlafzimmeraugen vergrößerten sich, die Pupillen weiteten sich noch mehr, verdrängten die farbige Iris und ihr Mund klaffte weit auf.

"NEIN! Nimm das Gespräch nicht an, es wird uns auseinanderreißen!", flehte sie ihn an, ihre Blicke schienen ihn töten zu wollen.

Doch das Smartphone wollte nicht mehr verstummen, ihm wurde ganz schwummerig und er erwachte in den Morgenstunden in verkrampfter Sitzhaltung wie gerädert fassungslos vor dem Monitor seines Computers, auf dem ihm der Bildschirmschoner die Landschaft der Antarktis zeigte. Ihn fröstelte - er hatte total vergessen die Heizung einzuschalten. Zudem schmerzte ihn sein Kreuz von der unorthodoxen, verkrümmten Sitzhaltung.

Ein Blick auf das Display seines immer noch unbarmherzig Laut gebenden Handys zeigte ihm, WER da zu stören gewagt hatte.

"OMA! Du hast mich aus dem aufregendsten Traum meines Lebens gerissen!"

Unerwartete Antwort oder ein Mann mit zwei Namen

Es grenzte an ein Wunder - sein Mail war von dem US-Beamten innerhalb der wenigen Stunden Schlaf, die er so traumreich genutzt hatte, sehr ausführlich beantwortet worden: Bei dem Toten auf dem Foto könne es sich nur um Dwayne Kilpatrick handeln, dessen Name allerdings im Bericht über die Ermittlungen des Massakers geschwärzt worden wäre. Klar, dachte Jonas, schließlich konnte man ihm nicht nachweisen, Rohrbomben auf das Dach der Schule geworfen zu haben, zudem gab ihm seine Mutter ein Alibi. Des weiteren berichtete ihm der freundliche US-Polizeibeamte, Kilpatrick, geboren am 22.3.1981 in Denver/Colorado und mit 12 Jahren mit seiner alleinerziehenden Mutter Katrina nach Littleton umgezogen, wäre am 13. Mai 1999 nach Großbritannien abgereist.

Seither wäre er nicht mehr aufgetaucht und hätte weder seinen Pass noch seinen Führerschein verlängern lassen. Seine Mutter hatte ihn weder als vermisst gemeldet, noch für tot erklären lassen.

So muss es gewesen sein, reimte sich Jonas zusammen: im Hinblick auf weitere Ermittlungen ist Kilpatrick geflüchtet, hat sich in Schottland als U-Boot niedergelassen, ehe er einen passenden Jungen fand, der seine Fingerabdrücke noch nicht dem Passamt oder Strafregister preisgab. Mit dessen Identität hat er einen Pass beantragt und ist dann als EU-Bürger auf den Kontinent gekommen und in Wien gelandet, wo er sich rasch angepasst und sein kriminelles Unwesen getrieben hatte. Das also bedeuteten die beiden Initialen auf dem Gemälde in der Wohnung O'Mallys: Dwayne Kilpatrick und nicht Dylan Klebold!

Als Jonas diesmal zu Huber vordrang, blieb ihm dieser die Begrüßung schuldig. Geschäftig blätterte er in einer Akte herum, schenkte seinem

Journalisten-Freund erst bei dessen Schilderung seine Aufmerksamkeit. Mit allen in Erfahrung gebrachten Details setzte Jonas den staunenden Huber ins Bild.

"Das ist tatsächlich eine Überraschung!"

"Aber wie ist es ihm nur gelungen als fast 20 Jahre jünger durchzugehen?", fragte sich Jonas mehr selbst.

"Sehen Sie sich doch unsre Politiker-Schnösel an", sagte Huber, "den Blümel z.B., der ist auch 1981 geboren und sieht noch immer wie ein Lausbub aus, vom Kurz ganz zu schweigen, der wie ein Pennäler mit chronischer Verstopfung wirkt. Sogar ein altgedienter Gerichtsmediziner hat Probleme mit einer Alterseinschätzung. Ich erinnere mich an eine Frau, die bei der Amokfahrt in Graz ums Leben kam. Da sie keinen Ausweis dabeihatte, veröffentlichte man ihr Foto und schätzte sie zwischen 35 und 45 ein, doch sie war 53."

"Schlimme Sache. Alter scheint nur eine Vereinbarungssache zu sein", sinnierte Jonas. "Fast jeder macht sich jünger. Möglicherweise liegt das Motiv darin... Unabhängig vom Aussehen zählt ein Ausweis mehr, selbst wenn er gefälscht ist."

"Und der von unsrem vermeintlichen Schotten war echt. Darin könnte das Motiv liegen", schöpfte Huber Hoffnung. "Möglich, dass einer für sein Stillschweigen Geld verlangt hat und ihn erstach, als er keines bekam."

"Aber eine Absage hätte doch bedeutet, dass er auffliegt", erinnerte Jonas.

"Tja, wie Sie allerdings von meinen amerikanischen Kollegen erfahren haben, wird dieser Dwayne Kilpatrick doch gar nicht wegen der damaligen Schießerei und Bomben-Werferei gesucht. Für die Amis ist amtlich, dass es nur zwei Schützen gab, die sich selbst abschafften, alles andere ist nur wieder eine

Verschwörungstheorie, so wie die Kennedy-Attentäter, von denen nur einer gefasst und leider erschossen wurde, ehe er seine Komplizen anschwärzen konnte."

"Hm, schon, und für das Verwenden einer falschen Identität hätte er nur wenige Monate sitzen müssen, wenn überhaupt bei unseren laschen Gesetzen", folgerte Jonas desillusioniert.

"Also, ich muss mich nur mit seinem Mörder beschäftigen, nicht mit seiner Straftat. Und den Amis wird herzlich egal sein, dass er hier bei uns unter falscher Flagge gesegelt ist."

"Wenn aber dieser Kilpatrick alias O'Mally selbst ein Mörder ist, der den Jungen, von dem er die Identität übernommen hat - womöglich ein Junkie - auch gekillt hat? Damit kann ihn die Romschmitt erpresst haben."

Nun überlegte Huber, schüttelte dann den Kopf: "Das passt nicht, denn dann hätte sie Ihnen doch nicht den Wink mit Columbine gegeben."

"Das ist ihr rausgerutscht", mutmaßte Jonas, "aus Verblüffung, dass er plötzlich abgemurkst wurde. Aber warum hat ihn seine Mutter nicht als vermisst gemeldet oder gar für tot erklären lassen?"

"Aus der Hoffnung heraus, er würde noch leben", meinte Huber.

"Nein, ich bin sicher, er hatte mit ihr Kontakt und ihr sogar hin und wieder Geld geschickt!"

"Falsch", wandte Huber sofort ein, "Wir haben bereits sein Konto überprüft - keine Überweisungen ins Ausland."

"Dann hat er Western Union genutzt!"

"Sie machen sich, Jericho, Sie haben Talent zum Bullen!"

Der anerkennende Blick Hubers schmeichelte ihm und er wurde keck: "Ich schlage vor, dass Sie die Mutter von Kilpatrick in Littleton/Colorado anrufen. Nicht nur, um ihr den Tod ihres Sohnes mitzuteilen, sondern um zu erfragen, ob sie von ihm etwas erfahren hat, was zur Klärung des Falles beitragen kann."

"Das haben Sie jetzt schön gesagt. Einverstanden, ich melde sofort ein Dienstgespräch in die Staaten an, lasse mich mit Katrina Kilpatrick verbinden und Sie helfen mir, falls mir ein englisches Vokabel nicht einfallen will!"

In Littleton schliefen wohl alle Einwohner aufgrund der Zeitverschiebung, doch die Sache duldete keinen Aufschub und Huber wollte auch keine Nachtschicht wegen eines Anrufs in die Staaten einlegen.

Wenig später hatte er sie schon am anderen Ende der Leitung, stammelte in gebrochenen Englisch: "Sorry to wake you up, Mrs. Kilpatrick, but my name is Police-Detektiv Huber and I have bad news for you! Your son has been killed in Vienna."

"No, no, no!", rief sie laut, sodass sie Jonas hören konnte. "I don't believe you!"

"Mrs. Kilpatrick, we know that your son used a false Name, he called himself Henry O'Mally and I need some information to find his killer!"

Nun hörten sie beide die arme Frau weinen, schluchzen, ehe sie sich doch einige Worte der Anschuldigungen abringen konnte. Huber hielt Jonas den Hörer hin, um diesen zur Übersetzung zu nötigen.

Er flüsterte also Huber zu: "Sie meint, seine Freundin wäre nicht die Richtige für ihn gewesen. Eine mittellose Künstlerin, die ihn nur ausgenutzt habe. Seit er sie kannte, hätte er praktisch kein Geld mehr nach Hause geschickt! Er hat auch ihrem Bruder Geld geliehen."

"Give me her name, please!", forderte sie Huber daraufhin auf.

"Sue Keller", rief sie laut aus.

Das reichte dem Ermittler, der ihr noch sein Beileid aussprach, ehe er auflegte und Jonas zuraunte: "Diese Sue Keller habe ich schon verhört, sie machte einen ziemlich traurigen Eindruck, aber sie ist schließlich Schauspielerin."

"Ich kenne sie ebenfalls", freute sich Jonas, "auf mich wirkte sie echt total gebrochen. Dass Sie Ihnen etwas vormachte, könnte sein, aber von meinem Annäherungsversuch in dem SM-Café konnte sie nichts ahnen und ließ mich einfach sitzen."

"Sie halten sich wohl für Gottes Gnadengabe an die Damenwelt", kritisierte ihn Huber. "Dachten Sie, sie nimmt Sie mit heim?

"Das nicht, ich finde nur, sie hatte in ihrer Trauer kein Interesse an einem anderen Mann."

"Wir sollten ihr einen Besuch abstatten und sie ins Gebet nehmen!"

Da kam bei dem eifrigen Journalisten Freude auf, wieder von dem leitenden Ermittler bei der Mördersuche miteinbezogen zu werden, welcher endlich den beantragten neuen Dienstwagen einweihen konnte.

Die Mietwohnung Sue Kellers in einem heruntergekommen Zinshaus im 6. Bezirk miefte nach mit Patschuli übertünchtem kalten Rauch billiger Zigaretten. Billig schien auch die Ausstattung der bescheidenen Bleibe gewesen zu sein. Unterschiedliche Möbelstile gemischt mit kitschigen Accessoires wie winkenden Metallkatzen, Stofftieren, Papierblumen, die scheinbar vom Schießstand des Wurstelpraters stammten und halb heruntergelassenen Jalousien, die das schwindende Tageslicht abhielten die schlimme Konstitution der Bewohnerin zu erhellen. Unter Sues verweinten Augen prangten dunkle Ringe, welche keinen Zweifel an ihrer echten Trauer ließen.

"Was wollen Sie denn von mir?", wimmerte sie.

"Wir wollen wissen, WER Schuld am Tod Ihres Freundes hat!", keifte Huber. "Kann es sein, dass Ihr Bruder etwas damit zu tun hat?"

"Alfred? Das glaube ich nicht! Der ist eine Seele von einem Menschen."

„Die meisten Frauenserienmörder waren das auch“, merkte Jonas an. „So charmant, dass man ihnen nicht einmal die Unkrautvernichtung zugetraut hat!“

"Hat er Schuhnummer 45?", erkundigte sich Huber. Auf ihr Nicken fragt er nur noch: "Wo finden wir ihn?"

"Der wohnt mal hier, mal da, mein Cousin Vickerl Scheuz könnte es wissen! Die zwei sind oft zusammen."

"Nun kommt endlich Bewegung in die Sache", freute sich Huber am Weg zu besagtem Cousin, der im 8. Bezirk ordnungsgemäß gemeldet war.

Der Weg dorthin war kurz und Jonas dachte dabei an Claire, die sich - nachdem der vierte Tag kaum vergangen war - wohl ziemlich ängstigen musste. Immerhin lebte der Präsident noch...

Beim Cousin von Sue angekommen, welcher sie nach Ansicht von Hubers Dienstausweis mit einer richtigen Oje-ich-bin-ertappt-worden-Miene in seine kleine aber feine Wohnung einließ, fand soeben Damenbesuch statt. Huber und Jonas warteten vergeblich darauf, der Dame vorgestellt zu werden. Die sehr stark geschminkte Frau ungekannten Alters - was bedeutete, es konnte aufgrund ihrer ausufernden Maquillage nicht genau geschätzt werden - verabschiedete sich schnell mit einem Kuss auf die Wange des ziemlich betroffen dreinsehenden Mannes im besten Alter.

"Also bis heut abends, Vickerl, ich fiebere deinem Auftritt schon entgegen!"

Der Blick Vickerls - vom Typ her ein richtiger Vorstadt-Casanova mit Anabolikamusekeln, die er in einem Tank-Top zur Schau trug - verriet nun den Besuchern sofort, wie dieser den Satz als Verrat empfand.

"Welchen Auftritt meinte die reizende Dame?", erkundigte sich Huber, nachdem sie mit Vickerl allein waren, forsch.

"Och, nix Besonderes, wir quizzen in einem Wirtshaus immer um die Wette."

"In welchem Wirtshaus finden diese angeblichen Quiz-Abende statt?"

"Äh-hähä, im Wirtshaus 'zum klugen Bauersmann' ... oder so ähnlich", druckste er herum und blickte dabei schuldbewusst zu Boden.

"Wenn Sie schon öfters dort waren, müssten Sie den Namen exakt wissen."

"Mir reicht, wenn ich die Antworten auf die Fragen weiß."

"Wissen Sie was? Ein Lügner muss nicht nur ein gutes Gedächtnis haben, sondern auch ein sehr kreativer Mensch sein. Denn immer, wenn jemand nachfragt, muss er wieder etwas erfinden. Solange, bis ihm die Sache über den Kopf wächst."

"Und Sie denken, das ist bei mir der Fall?"

"Hm, nach allem, was Sie so von sich gegeben haben, muss ich das wohl annehmen. Sie sitzen ziemlich in der Bredouille!"

"Die Wahrheit ist aber leider oft so kompliziert, dass man sie mit einfachen Worten gar nicht beschreiben kann."

"Machen wir es kurz und knackig", schlug Huber vor, "der Uniformierte bei der unrechtmäßigen Türöffnung waren SIE! Der andere war Sue Kellers Bruder Alfred, nur wer von euch beiden die Morde ausführte, möchte ich jetzt noch erfahren!"

„ICH NICHT!" Ein schwerer Atemzug noch und Vickerl gestand: "Ja, ich bin Mitglied einer Laienspieltruppe und als solcher manchmal in einem Polizeikostüm tätig. Aber die Idee zur ganzen verdammten Sache stammt von Fredl!"

"Und was zum Teufel hat er in der Wohnung gesucht?"

"Na das, wonach wir alle lechzen: GELD, Money, Piepen, Schotter, Kohle, Zaster, Moneten!" Ein Achselzucken folgte.

"Und hat er es gefunden?"

"Ja sicher, ich habe aber nur lumpige 2.000 Euro bekommen für meinen kleinen Auftritt", gestand er mit einem desillusionierten Augenaufschlag.

"Wieviel hat Ihr Komplize abgestaubt?" Huber konnte sich die Antwort schon denken.

"Keine Ahnung, wahrscheinlich das Zehnfache."

"Das ist aber herzlich wenig für all den Aufwand", fand Jonas.

"Und zwei Morde", erinnerte Huber.

"Ich hab' mit den Morden nichts, aber schon überhaupt nichts zu tun, das war der Fredl ganz allein", beharrte

Vickerl, wobei er trotzig die Unterlippe leicht nach vorschob. „Brauch' ich einen Rechtsverdreher? Da sind meine zwei verdienten Kilo gleich wieder futsch!"

"Wo ist der knausrige, brutale Fredl jetzt?", wollte Huber verständlicherweise wissen.

"Schon über alle Berge", gab Vickerl an. "Mir hat er gesagt, er fährt mit einem gestohlenen Auto zuerst nach Italien und setzt dann nach Afrika über."

"Haha", musste Jonas lachen. "Sagen Sie nur nicht, er nutzt dazu die Boote, in denen afrikanische Flüchtlinge an Europas Außengrenze ankommen."

"Das weiß ich doch nicht, ich hab' selbst genug Probleme!"

"Solche, die sich mit lumpigen 2.000 Euro lösen lassen?", hakte Huber nach.

"JAAA!"

"Ihre Cousine versprach sich von Ihnen, uns den Aufenthaltsort von Alfred bekanntzugeben, der ihren Geliebten auf dem Gewissen hat", meldete sich Jonas wieder zu Wort. „Macht sich auch besser, wenn es um Ihre Verteidigung geht! Mildernde Umstände und so weiter…"

"Wahrscheinlich hat er sich in seiner Schrebergartenhütte an der Alten Donau 249 versteckt", rückte Vickerl widerwillig eine Adresse raus.

"Ich muss Sie wegen Tatverdacht und Verdunklungsgefahr festnehmen", kündigte Huber an und legte dem schmollenden Vickerl Handschellen in einer geübten Bewegung an.

Nunmehr zu dritt im neuen Dienstwagen fuhren sie die Obere Donaustraße entlang, als Vickerl, der hinten saß, zu philosophieren begann: „Man muss das Leben als Spiel sehen, da wundert man sich dann auch nicht, wenn man mal auf Spielverderber trifft und man lädt sich auch keine unnötige Verantwortung auf."

"Wozu eigentlich die ganze Show mit der Türöffnung?", wollte Jonas wissen. "Hatte der Ermordete keine Wohnungsschlüssel bei sich?"

"Schon, nur hat sie Fredl, dieser Halbtrottel, in der Hektik verloren."

So profan spielt einem das Leben manchmal mit, dachte sich Jonas, mit etwas mehr Vorsicht hätte sich Fredl zwei Tausender ersparen können.

Eben wollte Huber die Obere Donaustraße verlassen, als Vickerl auf einmal ausrief: "Da! Der mit dem blonden Rückwärtsscheitel und roten Trainingsanzug, das ist der Fredl!"

In einem wahrlich halsbrecherischen Manöver - Huber zog bei voller Geschwindigkeit die Handbremse an und verriss das Steuer - wendete er den neuen Wagen, was ein quietschendes Geräusch verursachte und die Aufmerksamkeit Fredls auf sich zog - und fuhr auf den Verdächtigen zu. Dieser lief mit seinen Adidas-Schuhen wie ein trainierter Jogger quer über die Straße, wobei er fast von einem Auto erfasst worden wäre, und steuerte auf das offene

Haustor eines Altbaus zu. Seine Verfolger sprangen aus dem Wagen und sprinteten ihm nach.

"Der will stiften gehen!", warnte Huber noch Jonas, der Fredl dank schnellerer Beine dichter auf den Fersen war.

Hoffentlich ist er nicht mehr im Besitz der Waffe, dachte er sich, als er so hinter einem mutmaßlichen Mörder herlief.

Dem Verdächtigen gelang durch einen noch begehbaren Luftschutzkeller unter dem Altbauhaus, bzw. durch einen Verbindungsgang die Flucht, ähnlich wie beim 3. Mann, nur ohne Abwasserkanäle und Ratten. Huber und Jonas nahmen nach einem kurzen Irrweg die Verfolgung auf der Straße wieder auf, die ihnen ziemliche Kondition abverlangte. Ein Läufer fiel zum Glück auf in dem Strom sich dahinwälzender Passanten und dank seines Trainingsanzuges in Signalfarbe konnten sie ihn ausmachen. Verzweifelt suchte er einen Fluchtweg zum Donaukanal, der seinen Verfolgern jedoch nicht verborgen blieb. Immer noch zu zweit rannten sie ihm nach, von mitleidigen Blicken einiger Zeugen der Szene bedacht. Besonders Huber tat sich schwer, er keuchte und konnte durch seine beschlagene Brille kaum mehr als verschwommene Umrisse der vor ihm laufenden schemenhaften Gestalten erkennen. Doch ausdauernd und stur wie ein Terrier blieb er dran, hatte sich faktisch festgebissen in den Fall, der knapp vor der Lösung zu stehen schien.

Fredl rannte inzwischen wie von Sinnen am Ufer des Donaukanals entlang, dessen beachtliche Fließgeschwindigkeit er zu übertreffen versuchte. Schweiß gelangte in seine Augen und verursachte ein leichtes Brennen, dann stolperte er auch noch und rutschte ins kalte Wasser, wurde von den Wassermassen des Donaukanals gnadenlos mitgerissen und entschwand den suchenden Blicken seiner Verfolger als immer kleiner werdender roter Punkt in den braunen Fluten.

"Wenn er nicht ersauft, dann geht er an den Chemikalien in der Dreckbrühe drauf!", sagte Huber fatalistisch, während er keuchend nach Luft schnappte, wobei er allerdings ein sehr zufriedenes, hämisches Grinsen aufsetzte. Dann nahm er seine Brille ab und putzte sie mit der Krawatte, die er zuvor schon gelockert hatte.

Seine Beihilfe zu den polizeilichen Ermittlungen sah Jonas nun beendet und verabschiedete sich von Huber, der mittels Handy den Fahndungsbefehl nach einem im Donaukanal entschwundenen Tatverdächtigen ausgab. Der leicht geschlauchte Journalist nahm sich daraufhin ein Taxi zum Subjekt seiner Begierde. Die zarte Claire musste ein Nervenbündel sein, seiner starken Arme harrend, dachte er oder vielmehr wünschte er sich.

Geplatztes Glück oder man soll die Hoffnung nie aufgeben

Kaum in Claires Wohnung erlebte Jonas eine Überraschung: sie empfing ihn zwar freudestrahlend, doch von Todesfurcht keine Spur. Ihr helles Outfit erinnerte an ein Brautjungfernkleid. Die Frisur trug sie hochgesteckt und an Händen sowie ihrem schlanken Hals wertvollen Goldschmuck. Es war ihm klar, dass sie etwas vorhatte. Und er ahnte auch schon, kein Teil ihres nächsten Vorhabens zu sein.

"Es freut mich, dass Sie so tapfer sind, Claire, und scheinbar ihre Furcht vor einem allzu frühen Tod abgelegt haben."

"Alexander van der Bellen erfreut sich noch immer bester Gesundheit und damit ist der Bann für mich gebrochen. Die bisherigen Todesfälle resultieren meiner Ansicht nach doch nur aus purem Zufall heraus."

"Tja, nun komme ich mir beinahe unnütz vor", gestand er ihr. "Es war mir ein großes Bedürfnis, Sic zu beschützen vor allem Unbill des Lebens."

"Das ist wirklich nicht nötig", wehrte sie lächelnd ab. "Ich weiß nicht, wie ich es formulieren soll, aber ich denke, ich unterlasse eine Notlüge und sage es frei heraus."

"Das lob ich mir! Drei Männern sollte eine Frau immer die Wahrheit sagen", redete ihr Jonas ins Gewissen. "Ihrem Gynäkologen, ihrem Friseur und ihrem Journalisten."

Nun musste sie herzlich lachen, wobei sich auf ihren Wangen herzige Grübchen bildeten und sein Herz einen Hüpfer vor Freude und Verlangen vollführte.

Wieder ernst sagte sie ausatmend: "Ich sehe nun keinen Grund mehr, Ihre Hilfe weiter zu beanspruchen!"

"Nun, wir könnten uns ja dennoch weiterhin treffen, uns näher kennenlernen und uns-."

"Das halte ich für keine gute Idee", fiel sie ihm ins Wort, den Blick etwas verschämt zu Boden gerichtet. "Ich glaube, Sie haben sich da etwas erhofft, was ich..."

Den unvollendeten Satz begriff er sofort. "Ja, Sie sind eine erfolgreiche Schauspielerin und ich nur ein jeder Erfolgsstory hinterherhechelnder schlecht bezahlter Journalist."

"Das wäre weniger ein Problem, ich bin keine Materialistin, nur haben wir einfach eine unterschiedliche Lebensrealität", stellte sie ein wenig wehmütig fest.

"Ich dachte, wir hätten viel gemeinsam, sodass wir...", ließ er das Ende des Satzes offen, dessen Sinn dennoch glasklar erkennbar war. Sein Testosteron-Pegel spornte ihn sogar an, sich ihr soweit zu nähern, dass sie sich in die Enge getrieben fühlte und leicht vor ihm zurückwich.

Nach einem tiefen Atemzug erklärte sie ihm: "Es gibt witzigere, stärkere, intelligentere und erfolgreichere Männer als Sie, aber Sie waren so besorgt um mich, dass ich fast dahingeschmolzen wäre. Doch diese Fürsorglichkeit genügt leider nicht immer..."

Das tat ihm nun mehr weh, als er ursprünglich dachte, schließlich hatte er in seinem bisherigen Leben schon etliche Zurückweisungen erhobenen Hauptes ertragen.

Natürlich entging ihr sein seelischer Verfall ob dieser ernüchternden Aussage nicht, also wollte sie es näher erläutern: "Ich bin ein Visionär und Sie sind ein Illusionär! Das passt einfach nicht..."

Schon wollte er düsteren Blickes protestieren, erkannte jedoch: so unrecht hatte sie damit gar nicht. Er hatte sich tatsächlich der Illusion hingegeben, bei ihr landen zu können.

"Nun schauen Sie doch nicht so traurig drein, Jonas! Ich danke Ihnen für Ihre Einsatzfreude, mich zu beschützen, wir können trotz allem in losem Kontakt bleiben. Für ein Exklusiv-Interview stehe ich Ihnen jederzeit zur Verfügung", teilte sie ihm mit, wobei sie schon Richtung Tür ging, um ihn zu verabschieden. "Mein Freund wird gleich kommen, ich möchte ihm keinen Grund zur Eifersucht bieten!"

"Verstehe", sagte Jonas leise und dachte an diesen John, der doch in England verheiratet mit seiner Lady bleiben sollte. "Dann noch toi, toi, toi für Ihren Bühnenauftritt und weiterhin viel Erfolg auf Ihrem Lebensweg, möge er auch noch so verschlungen sein!"

Etwas entgeistert davon, dass nun alles vorüber zu sein schien, was ihm solchen Thrill verschafft hatte, und der Fall aufgeklärt war und er sich wieder in das Hamsterrad seiner normalen Reportertätigkeit zu stürzen hatte, eilte er von der ihren Liebhaber erwartenden Diva fort. Ja, er hetzte regelrecht durch die Straßen. So, als müsste er die mit seinen Ermittlungen wegen eines Mordes und den Balzritualen an eine Schauspielerin vertane Zeit nachholen. Ein Leben ohne Liebe war ihm zwar möglich, erschien ihm jedoch auf Dauer ööööde...

Noch ganz aufgewühlt von den Geschehnissen rannte er beinahe eine junge Frau um.

"Oh, Pardon, ich war in Eile", entschuldigte er sich und wollte schon weiterhetzen.

"Jonas?" Die weibliche Stimme erinnerte ihn an jemanden.

Überrascht blieb er stehen und betrachtete sie, irgendwie kam sie ihm schon bekannt vor und dann doch wieder nicht. Wohin sollte er sie tun? Oder vielmehr, in welchem Kreis sollte er nach ihrer Identität suchen?

"Wir waren an der gleichen Schule", half sie ihm. "Gymnasium!"

"Oh, ja natürlich", stimmte er ihr zu, obwohl er sich nur sehr verschwommen an sie erinnern konnte, eigentlich hätte er sie jünger als sich selber eingeschätzt.

Mit ihrem halblangen Haar und den strahlenden Augen wirkte sie so jung und unschuldig wie ein Schulmädel, aber viele Frauen mit gesundem Lebenswandel schafften es, sich die Mädchenhaftigkeit jenseits der 35 zu erhalten. Krampfhaft suchte er in den hintersten Arealen seines Gehirns nach einem Namen, wollte sie nicht direkt danach fragen, denn es kam ihm unhöflich vor, sie einfach vergessen zu haben. Daher versuchte er, sich eine Eselsbrücke über ihren Beruf zu verschaffen. Viele Mädchen wussten damals schon genau, was sie werden wollten und teilten das auch gern anderen mit.

"Darf ich fragen, was du beruflich tust?"

"Ich bin erfolgreiche Grafikerin!"

"Lotti! Das Mauerblümchen", fiel ihm nun die Erwähnung Gretchens ein. "Es freut mich so, dich wiederzusehen!" Das war nicht einmal gelogen.

"Du hast den Brief von damals nicht vergessen?"

"Ich habe ihn sogar heute noch! Ja, er fiel mir erst kürzlich wieder in die Hände und hat mein Herz erwärmt!"

Ihre Augen leuchteten richtig auf, ihr Mund öffnete sich, doch wusste sie wohl aufgrund ihrer Schüchternheit nicht gleich weitere Worte zu finden.

"Also, ich bin noch single!", verkündete er stolz. "Und duu?"

"Ich auch", hauchte sie, schlug schüchtern die Augen nieder, wobei ihre langen Wimpern dünne Schattenstriche auf ihre rosigen Wangen warfen.

Es fühlte sich für ihn an, als wären all die schwierigen Jahre seit ihrer letzten Begegnung auf dem Schulhof nur seiner ausgeprägten Einbildungskraft entsprungen...

ÜBER DEN AUTOR: S. Pomej hat aus Interesse an der menschlichen Natur Psychologie studiert und lässt die erlernten Störungen plus eigener Erfahrung mit Kranken in spannende Bücher [ÄGYPTENS FLUCH (Abenteuerroman), EXORAUM, SWITCH, Terrormond Titan, ZIVILFLUG ZUM ZEITRISS, SHERLOCK HOLMES IM ALL (Science-Fiction-Romane), KURZ & KRASS, Soziopathen sterben selten, AUFRUHR (Kurzgeschichten) Haus mit Verstand (Roman über KI), Der Wahnsinn möglicherweise (heiterer Roman)] & lustige Comics zu sehen auf der Website: pomej.blogspot.com einfließen. Neuer SF-Roman *Verbotene Gelüste* erscheint demnächst! Theaterstücke im Kaiser-Verlag, sowie im Bieler-Verlag erhältlich.

© 2019 Pomej, S.

Herstellung und Verlag: BoD – Books on Demand, Norderstedt

ISBN: 9783749483709